Hymnes de la religion d'Aton

Du même traducteur

Cours d'égyptien hiéroglyphique
(avec Bernard Mathieu)
2 vol., Paris, Khéops, 1990-1993

Ramsès III, histoire d'un règne
coll. « Bibliothèque de l'Égypte ancienne »,
dirigée par Christiane Desroches-Noblecourt,
Paris, Pygmalion-Gérard Watelet, 1993

Le Papyrus Harris I (BM 9999)
Bibliothèque d'étude, T. 109,
2 vol., Le Caire, Institut français d'archéologie orientale
(IFAO), 1994

Hymnes de la religion d'Aton

(Hymnes du XIVᵉ siècle avant J.-C.)

PRÉSENTÉS ET TRADUITS DE L'ÉGYPTIEN
PAR PIERRE GRANDET

Éditions du Seuil

CET OUVRAGE A ÉTÉ ÉDITÉ
SOUS LA DIRECTION DE VINCENT BARDET

Édition préparée et mise en pages
par Olivier Cabon-ThotM

Textes hiéroglyphiques dessinés
par Dominique Farout

ISBN 2-02-022058-X

Le règne d'Amenhotep IV-Akhenaton et la religion d'Aton

(1350-1333 av. J.-C.)[1]

Vers 1350 av. J.-C., à la mort d'Amenhotep III [2], le « Pharaon-Soleil » de la XVIIIe dynastie, après trente-huit années de règne, son second fils, un prince nommé comme lui « Amenhotep » monte sur le trône d'Égypte pour devenir le pharaon Amenhotep IV, mieux connu sous le nom d'« Akhenaton », qu'il devait adopter par la suite. Observons qu'il n'était que le second, dans l'ordre, des héritiers présomptifs d'Amenhotep III. Un prince Thoutmosis, mort sous le règne de son père, l'avait précédé dans cette position [3]. Eût-il régné que l'Égypte n'eût sans doute pas vécu l'un des épisodes les plus étonnants de sa longue histoire. Malgré sa relative brièveté, en effet (dix-sept ans), le règne d'Amenhotep IV-Akhenaton devait être le cadre de bouleversements affectant en profondeur tous les domaines de la vie sociale, et jusqu'aux œuvres des artistes. En un mot, une véritable révolution — mais une révolution venue d'en haut, dont le roi en personne serait l'auteur conscient et conséquent.

Les Égyptiens ne distinguant pas, sur le plan des principes, le religieux du politique, cette révolution devait embrasser ces deux ordres de faits. Elle devait, en effet, consister dans l'adoption d'une nouvelle religion d'État, fondée sur le culte d'un dieu unique, jusque-là inconnu, « Aton », et le rejet concomitant de celle qui était jusqu'alors pratiquée et de son panthéon polythéiste, en tête duquel figurait Amon-Rê de Karnak, dieu traditionnel de l'État et de la monarchie [4]. Le règne, à cet égard, se divise en deux périodes : une période « thébaine », de l'an 1 à l'an 5, et une période « amarnienne », de l'an 5 à l'an 17. La première est dite « thébaine », car elle fut caractérisée par l'érection à Thèbes, aujourd'hui Louqsor (et plus précisément à Karnak), d'un ensemble de monuments consacrés au nouveau culte[5]. La seconde est qualifiée d'« amarnienne », car elle devait être marquée par le transfert de la cour et du gouvernement dans une ville nouvelle, Akhetaton, fondée en Moyenne-Égypte sur le site actuel d'Amarna. L'installation du roi dans cette ville et son changement de nom étant contemporains, on parle aussi, avant l'an 5, de « règne d'Amenhotep IV », puis, après cette date, de « règne d'Akhenaton ». Le changement de nom du roi et son installation à Amarna sont d'ailleurs liés à une radicalisation de sa politique religieuse : la conservation, au cours de la période thébaine, du nom d'« Amenhotep » (en égyptien, « Amon est satisfait »), va de pair avec une certaine tolérance à l'égard des cultes traditionnels ; l'adoption de celui d'« Akhenaton » («Celui qui est utile à Aton »), marque le début d'une période où ils devaient être, au contraire, rigoureusement proscrits.

Dès son avènement, le roi manifeste une piété presque exclusive pour le dieu Aton, dont il se proclame le « grand prêtre »[6], et qui n'apparaît au début que comme une manifestation particulière du Soleil divinisé Rê-Horakhty. Les élites et les serviteurs de l'État se voient priés d'adhérer à cette nouvelle forme de religion. Pour en garantir le succès, le souverain se dote de l'instrument politique adéquat : les charges gouvernementales sont pour la plupart confiées à des hommes nouveaux, qui ne doivent qu'à lui leur carrière[7]. Bientôt s'édifient à Karnak, au voisinage du sanctuaire d'Amon, une série de temples à ciel ouvert consacrés au culte d'Aton. Dans leurs reliefs ou dans leur statuaire, apparaissent les premières manifestations d'un style et d'un répertoire iconographiques propres au règne[8]. Ainsi, la représentation de la nouvelle divinité sous la forme d'un disque ou d'un globe solaire pourvu de rayons se terminant par des mains[9]. Ou celle du roi sous l'aspect d'un homme affligé d'un ventre proéminent, supporté par des cuisses épaisses, au visage exagérément étroit et allongé, à la bouche lippue, au nez long et charnu, encadré par des yeux réduits à deux fentes obliques ; d'un homme montrant en un mot, aux dires des spécialistes, tous les symptômes d'une affection génétique peu commune, le « syndrome de Fröhlich »[10]. Notons, cependant, qu'il est peu probable que ce mode de représentation de la personne du roi, que l'on voit progressivement inspirer, au cours du règne, celui des membres de sa famille et de ses dignitaires, correspondît à la réalité. Le syndrome de Fröhlich suppose en effet la stérilité du sujet qui en est affecté, alors qu'il est bien établi qu'Amenhotep IV-Akhenaton fut père d'une nombreuse famille. Il faut donc supposer que ce furent des contraintes intellectuelles propres à sa religion qui lui firent adopter cette manière étrange de se faire représenter, quoique la raison spécifique reste encore à identifier[11].

La première partie du règne d'Amenhotep IV-Akhenaton se caractérise sur le plan religieux, nous l'avons dit, par une certaine tolérance à l'égard des cultes traditionnels. Sans doute ne sont-ils pas encouragés (le roi s'abstenant notamment, au contraire de ses prédécesseurs, d'entreprendre des travaux pour Amon), mais il existe encore, en l'an 4, un « premier prophète » ou grand prêtre de ce dieu[12]. La seconde partie, au contraire, allait être marquée par la mise en œuvre d'une politique officielle d'intolérance et de persécution religieuses. En l'an 5, « inspiré » par Aton en personne, le roi croit découvrir en Moyenne-Égypte, sur le site jusque-là désertique d'Amarna, non loin de la métropole régionale

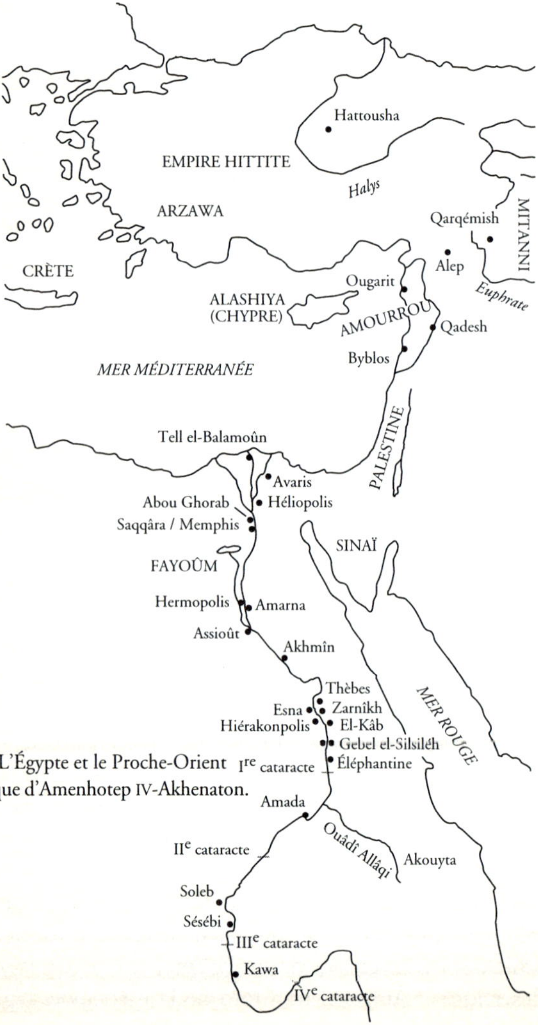

Fig. 1. L'Égypte et le Proche-Orient à l'époque d'Amenhotep IV-Akhenaton.

d'Hermopolis, mais à distance presque égale des deux centres politiques principaux du pays, Thèbes et Memphis [fig. 1], le point précis de l'Univers où le Soleil se lève. Il décide donc d'y fonder, *ex nihilo*, une ville nouvelle, Akhetaton, « L'Horizon d'Aton », et y ordonne le transfert de la cour et du gouvernement. Tandis que s'édifie la ville (qui ne serait achevée qu'en l'an 8), l'existence des autres dieux se voit officiellement niée, leurs temples fermés et leurs noms, au prix d'une opération dont on a peine à se représenter l'ampleur, systématiquement effacés, dans toute l'étendue du pays, des monuments où ils étaient gravés. Le culte d'Amon, en particulier, se voit persécuté avec la plus extrême rigueur, le roi ordonnant d'effacer son nom jusque sur la pointe d'obélisques érigés par ses prédécesseurs, et jusque dans les mentions du nom de son père. Il fait changer rétrospectivement le sien en « Akhenaton » dans le décor de certains de ses monuments de Karnak[13], et il n'est jusqu'au mot égyptien *nétjérou*, « dieux » (au pluriel), qui ne soit parfois effacé des textes où il figurait[14].

Cette politique représente une rupture si profonde avec les traditions, qu'on ne peut manquer de s'interroger sur les motivations personnelles du roi. Force est hélas de constater qu'avant son accession au trône, le « prince Amenhotep » n'est qu'une figure fantomatique. La mention de son nom sur une empreinte de sceau provenant du palais de son père à Malqatta, à Thèbes-Ouest, représente tout ce que l'on connaît de lui à cette époque[15]. Il n'existe en particulier aucune preuve tangible de ce qu'il ait été, jeune homme, éduqué par les prêtres d'Héliopolis, centre traditionnel du culte du Soleil, au nord-est du Caire actuel, théorie par laquelle on prétend parfois expliquer les actes accomplis durant son âge adulte[16]. Bien au contraire, la théologie d'« Aton » dérive sans le moindre doute, nous le verrons, d'un mouvement de réflexion visant, au travers de spéculations ayant pour thème le cycle du Soleil, à la recherche d'une nouvelle définition de la notion de divinité, et dont Thèbes, depuis le début de la XVIIIe dynastie, était le cadre et le foyer privilégié. Malgré l'absence, sur ce point, de toute information positive, il semble évident que le roi, avant son accession au trône, avait été un adhérent de ce mouvement de pensée. Ce ne fut qu'à la nature autocratique du régime pharaonique qu'il dut l'opportunité, une fois couronné, de traduire ses convictions en actes de gouvernement.

Le nom du dieu d'Akhenaton, qu'on rend traditionnellement par « Aton », ou Iten lorsqu'on le transcrit directement de l'égyptien (cette langue, pour le noter, n'emploie que les consonnes *Y-t-n*), se prononçait probablement Yatin à l'époque amarnienne (et celui du roi, Akhanyatin) [17]. C'était à l'origine l'un des noms communs du Soleil, dérivé peut-être d'un verbe signifiant « être loin » [18]. Connu depuis l'Ancien Empire, il n'avait cependant jamais servi, jusqu'à Akhenaton, à désigner, sinon par métonymie, le Soleil divinisé (Rê ou Rê-Horakhty), mais sa manifestation sensible de disque ou de globe rayonnant. Sous cette acception (qui d'ailleurs survivrait au roi), ses mentions s'étaient multipliées depuis le début de la XVIIIe dynastie, en particulier sous le règne d'Amenhotep III, sans qu'il soit cependant permis de parler, dès cette date, ni d'un « dieu Aton » ni encore moins, *a fortiori*, d'une « religion d'Aton » : nul ne songeait alors, en particulier, à nier l'existence d'autres dieux. Cette religion serait exclusivement une création d'Amenhotep IV et devait d'ailleurs disparaître avec lui, le nom « Aton » lui fournissant, pour désigner son dieu, un terme réduisant au minimum toute allusion à la religion traditionnelle.

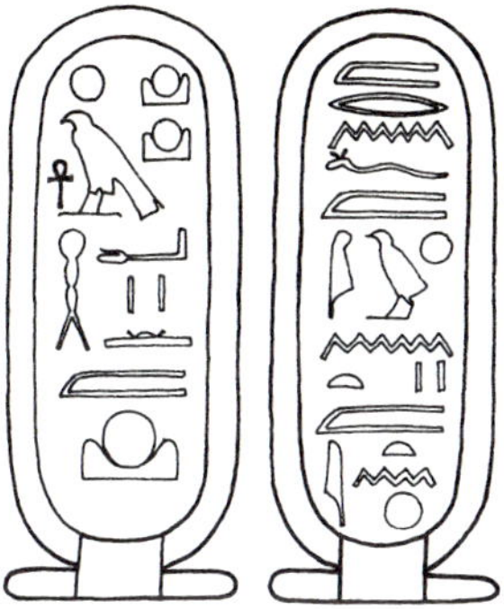

Fig. 2. Première forme du « nom didactique » d'Aton.

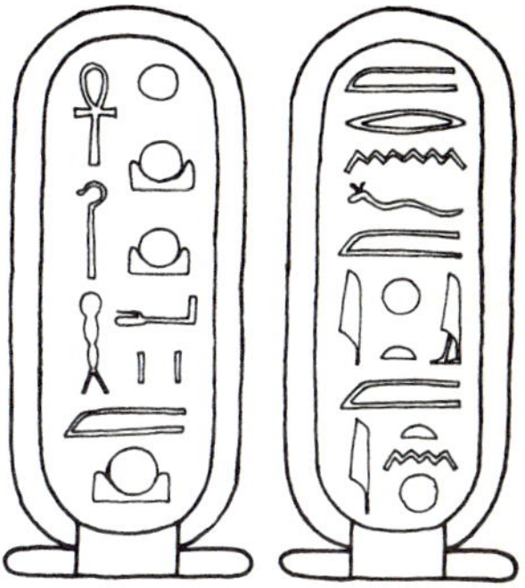

Fig. 3. Deuxième forme du « nom didactique » d'Aton.

Dire qu'« Aton » est le nom du dieu d'Akhenaton n'est pas, précisons-le, absolument exact. Le terme est plutôt une abréviation, aujourd'hui privilégiée pour sa brièveté, mais que les textes égyptiens n'emploient guère que dans la composition de noms de personnes, comme *Pa-Iten-em-heb*, « Aton est en fête », ou de noms de monuments et d'institutions religieuses, tel *Per-Iten*, « La Maison d'Aton ». Ces textes, quant à eux, emploient le plus souvent l'expression *Pa-Iten-ânkh*, « l'Aton vivant », « le Disque vivant ». Encore celle-ci ne représente-t-elle, à son tour, que l'abréviation d'un nom « officiel » beaucoup plus développé, et qui fut successivement formulé, au cours du règne, de deux manières différentes. De l'an 1 à l'an 9 environ, soit à cheval sur les périodes thébaine et amarnienne, ce nom, qu'on désigne souvent comme le « nom didactique » d'Aton, s'énonce *Rê-Horakhty qui se réjouit dans l'horizon, en son nom de* (c'est-à-dire en sa qualité de) *Shou qui est dans l'Aton* [fig. 2]. Après l'an 9 et l'installation définitive du roi à Amarna, il est reformulé en *Rê, le souverain de l'horizon, qui se réjouit dans l'horizon, en son nom de rayonnement qui vient de l'Aton* [fig. 3] [19]. Les différences entre les deux versions témoignent, certes, d'une radicalisation de la religion d'Akhenaton, mais ne sont pas significatives sur le plan de la doctrine. Sans doute la première, à défaut d'un vocabulaire spécifique, encore à inventer, emprunte-t-elle encore son vocabulaire conceptuel à la théologie traditionnelle du Soleil, avec les noms « Rê-Horakhty » (le Soleil divinisé) et « Shou » (personnification divine de l'air, vecteur de la lumière) ; sans doute la seconde remplace-t-elle « Horakhty » («Horus de l'horizon ») par « souverain de l'horizon » et Shou par le nom commun apparenté *shout*, « rayonnement », bannissant ainsi, sauf dans l'emploi de Rê, valant pour la notion de « dieu-Soleil », toute allusion à l'ancienne religion ; mais l'une et l'autre versions expriment de la même manière, en une seule formule, l'essentiel de la théologie d'Aton : un dieu qui est le Soleil, dont la résidence est l'horizon (c'est-à-dire, par métonymie, le ciel), et qui emplit le monde des rayons émanant de son disque [20].

Par son extrême simplicité, cette définition, dans son contexte historique, revêtait un aspect révolutionnaire, en ce qu'elle s'opposait point par point, sans toutefois les nommer, à la plupart des conceptions religieuses qui avaient jusqu'alors dominé. En ce sens, ce qu'elle tait est au moins aussi important que ce qu'elle exprime : Aton est un dieu unique, absolu, quand les Égyptiens n'avaient pu jusqu'alors concevoir le divin que sous l'aspect d'une multiplicité de dieux ; il n'a d'autre apparence que lui-même, alors que l'on ne pouvait guère se figurer ces dieux que sous la forme de leurs images de culte ; le ciel est sa résidence, au lieu des temples où les statues des dieux étaient hébergées ; enfin son nom épuise sa théologie, au contraire de celle des anciens dieux, formée par la juxtaposition, au cours des millénaires, d'innombrables épisodes mythologiques, souvent contradictoires [21]. Ainsi expliqué, le « nom didactique » d'Aton ne relève en somme que d'une « théologie positive », procédant par affirmation du dogme, et ne témoigne d'aucun souci de formuler, en faveur du dieu, une « théologie négative » réfutant les dogmes antérieurs. Pourtant, il existe quelques traces d'une telle « théologie négative » d'Aton. Ce sont les fragments, malheureusement très endommagés, d'une harangue adressée par Amenhotep IV à ses courtisans au cours des premiers mois du règne, et en laquelle on doit probablement voir l'acte de naissance officiel de la nouvelle religion[22]. Le roi y affirmait en substance que les dieux, tels qu'on les connaissait, n'étaient que des statues créées de main d'homme, sous une forme à laquelle une tradition immémoriale paraissait prêter un caractère sacré, mais dont l'or et les pierreries dont elles étaient ornées ne parvenaient pas à dissimuler qu'elles n'étaient que d'inutiles objets. Au contraire, l'unicité et l'ubiquité du Soleil, que chacun pouvait constater, et dont chacun pouvait constater que nul le créait, sinon lui-même, démontraient qu'il était un dieu absolu, en regard duquel l'existence de toute autre divinité était proprement impensable.

Ce texte figure à Karnak, sur des blocs remployés à l'époque d'Horemheb à la reconstruction de la porte du Xe pylône de l'enceinte d'Amon, lequel marque l'extrémité sud de l'allée processionnelle qui, du temple, se développe en direction de Louqsor. On suppose que cette porte avait été bâtie par Amenhotep III, et que le texte fut gravé sur ses montants par Amenhotep IV, avant que ceux-ci ne soient, après son règne, démantelés puis reconstruits, en partie avec les mêmes matériaux, afin d'en faire disparaître le décor « amarnien »[23]. Non loin figurait, gravée encore dans le style du règne d'Amenhotep III, l'une des premières représentations d'Aton, pourvu déjà de son nom « didactique », mais

Fig. 4. Première représentation d'Aton
(bloc provenant du Xe pylône de Karnak, Berlin 2072).

représenté sous l'aspect que l'iconographie traditionnelle prêtait au dieu Rê-Horakhty : celui d'un homme à tête de faucon, portant sur la tête le disque solaire entouré d'un cobra [fig. 4]. Cependant, avant la fin de la première année du règne, ce mode de représentation serait écarté au profit de ce qui serait la représentation classique d'Aton : un disque ou un globe solaire, pourvu de rayons terminés par des mains [fig. 5] [24]. Divisé en deux parties, son nom « didactique », comme celui d'un roi, serait alors inscrit dans des cartouches et précédé d'une manière de titulature : *le Disque vivant qui est en fête sed, seigneur du ciel et de la terre…* (la formule étant diversement complétée par des expressions du type *au sein de…* ou *seigneur de* [tel temple]). À l'évidence, Amenhotep IV concevait dès lors l'État égyptien comme une théocratie, dont Aton était le souverain, et dont il n'était lui-même que le représentant sur terre [25].

Les conceptions d'Akhenaton découlent, pour la plus grande partie, de spéculations théologiques qui ne sont pas antérieures au milieu de la XVIIIe dynastie. Certaines, cependant, avaient un fondement plus ancien, remontant presque aux origines de la religion des anciens Égyptiens. Celle-ci est, on le sait, chose extrêmement complexe. Telle que leur civilisation l'avait héritée de la Préhistoire, il n'était de ville ni de bourgade qui ne possédât un temple, fût-il modeste, hébergeant la statue d'une divinité dont les fidèles ne manquaient d'affirmer le caractère suprême. Ces croyances, parfois, donnaient lieu par contact à des systèmes théologiques associant les divinités de bourgades voisines, recevant un culte commun dans un nouveau sanctuaire. Et ces systèmes recouvraient dans leur structure, en partie hiérarchique, en partie fonctionnelle, l'importance politique ou intellectuelle des lieux d'origine des cultes qu'ils associaient : tel dieu passait bientôt pour l'époux de telle déesse, tel autre pour l'enfant de ce couple, et ces divinités, conçues à l'image des grands

Fig. 5. Stèle provenant de la maison d'un dignitaire à Amarna (Berlin 14 145).

de ce monde, pouvaient se voir adjointes d'autres divinités secondaires leur composant une manière de suite. Du point de vue de l'observateur actuel (celui de l'historien, essayant de présenter au lecteur moderne un tableau d'ensemble de la religion égyptienne), ce sont des centaines de divinités qui semblent s'être ainsi disputé la ferveur des fidèles. De son point de vue personnel, pourtant, chaque Égyptien conservait pour le dieu du lieu où il vivait, sa vie durant, la même dévotion presque exclusive que celle de l'homme du Moyen Âge pour le saint de son bourg ou de son quartier.

Cependant, en l'absence de tout autre système idéologique concurrent, la religion représentait en Égypte, comme dans d'autres sociétés antiques, la principale source de prescriptions réglant, dans les deux sens, les rapports entre les gouvernants et leurs administrés, et ceux des individus entre eux. Il n'existait, en un mot, aucune conception « laïque » du pouvoir ni de la vie en société[26]. La création d'une monarchie centralisée à l'aube de l'histoire rendit donc nécessaire, sans abolir les croyances locales, de développer à côté d'elles, au-dessus d'elles, une religion d'État de portée nationale, dont le Soleil divinisé, symbole visible de la majesté et de l'unicité du pouvoir, fut dès l'Ancien Empire, sous le nom de Rê, le dieu de prédilection. Ce dieu avait été sans doute à l'origine un dieu d'Héliopolis, au nord-est du Caire actuel, non loin de la résidence royale de Memphis. Il passait, dans la théologie locale, pour le créateur du monde, mais un « mythe d'État » devait désormais le poser pour le fondateur et le garant des institutions sociales, et pour le lointain ancêtre de chaque pharaon. À partir de la IVe dynastie, l'expression « fils de Rê » devint un élément constant de la titulature des rois, tandis que leurs tombeaux adoptaient la forme de la pyramide, qui était un symbole solaire. À ces tombeaux, cer-

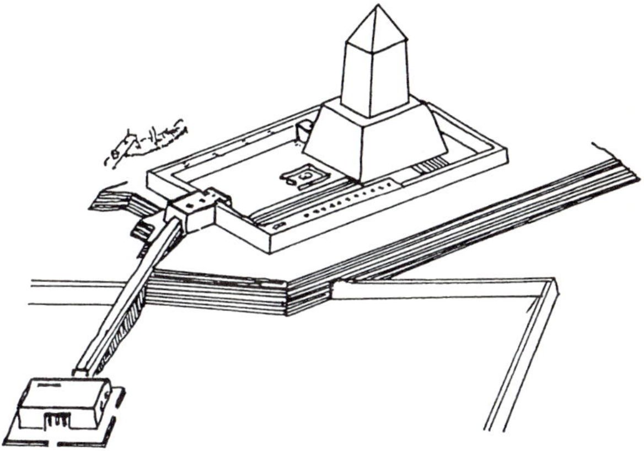

Fig. 6. Le temple solaire de Niouserrê à Abou-Ghorab (V^{e} dynastie).

tains pharaons de la Ve dynastie devaient d'ailleurs associer des temples d'un caractère particulier. Composés essentiellement d'une cour à ciel ouvert contenant un autel à offrandes placé devant un large obélisque maçonné, on pense qu'ils reproduisaient, sur une échelle réduite, l'apparence du sanctuaire d'Héliopolis [fig. 6]. L'obélisque qui en était le point focal représentait, comme les pyramides elles-mêmes, l'image du tertre dit *benben*, où le Soleil, croyait-on, s'était manifesté lors de la création du monde, et d'où, sortant de l'horizon à l'aube, il prenait depuis chaque jour son essor pour traverser le ciel. L'architecture de ces « temples solaires » devait inspirer, nous le verrons, celle des temples d'Akhenaton, mais la théologie qui la déterminait devait être aussi l'une des sources de sa religion. Dans le temple solaire du pharaon Niouserrê à Abou Ghorab, au sud de Saqqâra, les reliefs d'un corridor dit *Weltkammer*, « chambre du monde », aujourd'hui à Berlin, représentaient les humains et les animaux, au cours des trois saisons du calendrier égyptien, vivant et se multipliant sous l'effet du Soleil. Ces représentations exprimaient déjà ce qui serait l'une des conceptions essentielles de la théologie d'Aton : celle selon laquelle le Soleil, en un procès continu sans début ni fin, crée le temps par son mouvement cyclique, l'espace par sa lumière, et, par ses rayons, toutes les créatures, sous forme d'« émanations » de son être (en égyptien, *khépérou*). Cette dernière idée avait sans doute pour origine la théologie spécifique d'Atoum, un dieu d'Héliopolis auquel Rê avait été très tôt assimilé, et duquel, par une manière de « parthénogenèse », sans aucune intervention d'un principe féminin, passait pour être issu le premier couple d'êtres, le dieu Shou et la déesse Tefnout (personnifications de l'air et de l'humidité), d'où le reste de l'humanité découlait. L'originalité de ce système, qui devait jouer son rôle à Amarna, consistait en ce qu'il rejetait au profit d'une conception abstraite de la création, au contraire des spéculations cosmogoniques alors en vigueur, toute analogie avec le mode de reproduction humain [27].

Sous peine de susciter les troubles sociaux qu'on peut imaginer, les rois d'Égypte ne pouvaient rejeter au profit de la seule religion d'État les croyances de leurs sujets. Ils n'y songèrent même pas — du moins jusqu'à Akhenaton —, mais les reprirent plutôt à leur compte, bâtissant dans chaque ville, pour chaque dieu, des temples dont seul l'État pouvait mobiliser les moyens de les construire. Appliquant localement à chaque culte les conceptions qui associaient, sur le plan national, la monarchie au culte solaire, le roi pouvait passer tour à tour pour le fils de chaque divinité du pays. Ainsi était-il non seulement le roi de l'Égypte mais le souverain de chacune des entités territoriales qui la constituaient. À l'issue de trente années de règne, en principe, le pharaon qui avait vécu jusque-là célébrait une fête jubilaire, dite *fête sed*, où se manifestait cette synthèse entre les plans local et national de la religion, puisqu'il s'y voyait confirmer son pouvoir par le dieu suprême, en présence des statues des divinités des principales villes du pays assemblées en conclave.

À la fin de l'Ancien Empire, pour des raisons mal connues, l'État égyptien se dissout en une série de principautés, qui bientôt se combattent en une longue guerre civile, dite Première Période intermédiaire. Mais à l'issue de cette époque, une lignée de princes originaires de Thèbes devait reconstituer à son profit l'unité du pays et de la monarchie. À la XIe puis à la XIIe dynastie, le dieu local de Thèbes, Amon, dont presque rien n'est antérieurement connu, émerge en conséquence comme le dieu principal de la religion d'État. Il reçoit à ce titre une partie des attributs de Rê et le nom d'Amon-Rê. Dans le même temps, d'ailleurs, les cultes locaux, à l'initiative du pouvoir, commencent à être associés, en vertu du même artifice, au sein d'un système global : les dieux principaux du pays, comme Amon, se voient assimilés à Rê, et cette « solarisation », comme on la nomme, produit d'un bout à l'autre du pays des noms composés de divinités du type Sobek-Rê, Khnoum-Rê [28]... Ce primat d'Amon-Rê au sommet du panthéon de l'État devait être confirmé lorsque, après une Deuxième Période intermédiaire, ce seraient une seconde fois des princes thébains qui chasseraient de l'Égypte les envahisseurs hyksôs, qui pour deux siècles lui avaient imposé leur domination, fondant ainsi le Nouvel Empire. Très tôt, ces nouveaux souverains, dont la lignée constitue la XVIIIe dynastie, se lancent à la conquête de l'Asie. En quelques décennies, ils contrôlent et exploitent un territoire immense, d'où un flot de richesses s'écoule vers l'Égypte, provoquant l'un des points culminants de sa civilisation matérielle. Dans le domaine de la religion, ces événements devaient avoir au moins deux conséquences essentielles. D'une part, la conscience nouvelle des Égyptiens de ne plus vivre dans un Univers réduit aux frontières de l'Égypte, comme leurs dogmes jusqu'alors le posaient, suscita un mouvement de réflexion sur la nature du divin lui-même, et non plus seulement des spéculations sur les dieux, dont cette nouvelle vision du monde rendait caduque la conception traditionnelle[29]. De l'autre, l'organisation des campagnes militaires, et l'administration de la fortune qu'elles drainaient vers l'Égypte, engendrèrent une société plus complexe, et la spécialisation concomitante d'ensembles sociaux chargés de tâches particulières : soldats, scribes et prêtres. Ces derniers, représentant désormais un corps professionnel (et c'était un fait nouveau dans l'histoire égyptienne), eurent ainsi l'opportunité de se consacrer aux réflexions théologiques que la situation imposait.

Il devenait indispensable, en effet, dès lors qu'on avait le loisir d'y penser, de concevoir une nouvelle explication à ce paradoxe qui est le propre de toute religion polythéiste : comment, puisque le divin ne peut se concevoir qu'en termes absolus, peut-il se manifester sous la forme de plusieurs dieux ? [30] La nouvelle vision que l'on avait du monde ne permettait plus à certains de se contenter de la réponse traditionnelle, posant que l'un des dieux était plus puissant ou plus ancien que les autres, et structurant le panthéon en systèmes de type hiérarchique, aussi anciens que la civilisation égyptienne elle-même. Au contraire, à partir du milieu de la XVIIIe dynastie, se développe un mouvement intellectuel dont les tenants devaient proposer un autre type de solution : il n'existe en fait qu'un seul dieu, Amon-Rê, qui se révèle principalement sous la forme du Soleil, et dont les autres dieux, ainsi que les éléments du Cosmos, ne sont qu'autant de manifestations[31]. Cette réponse, qui donnait un contenu nouveau à la religion, tout en lui conservant sa forme polythéiste, était un compromis entre l'innovation et la tradition, et permettait une synthèse élégante entre la religion locale et la religion de l'État. Cependant on pouvait aussi, dès lors qu'on poussait à l'extrême ce type de raisonnement, imaginer une autre explication — celle-là, révolutionnaire : il n'existe qu'un dieu ; les autres n'existent pas. Ce devait être celle adoptée par Akhenaton et par lui érigée en dogme. Encore faut-il noter que sa religion, trop radicale au goût de ses concitoyens en ce que, niant au nom d'un dieu l'existence des dieux, elle privilégiait la religion d'État aux dépens des croyances locales, disparaîtrait avec lui. Par réaction, la seconde explication, qui avant même son règne commençait à s'imposer comme le fondement intellectuel de la religion des Égyptiens, le deviendrait et le demeurerait jusqu'à la fin de leur civilisation [32].

On peut dater des règnes d'Hatchepsout et Thoutmosis III le début de ce mouvement de pensée [33]. Amon-Rê, dieu de Thèbes et par conséquent de l'Empire, prête désormais sa forme à celle d'un dieu tout-puissant, créateur du monde, dont le Soleil est la manifestation principale. Souverain, ce dieu, nouveau malgré son nom ancien, est aussi le garant suprême du droit et de la morale : il manifeste sa volonté par des oracles, approuvant ou censurant la conduite des rois comme celle des particuliers. C'est un dieu qu'on peut prier et qu'on peut fléchir, qui sait pardonner les fautes, mais qu'on doit disposer en sa faveur par une attitude irréprochable. Un dieu qui se voit ainsi conférer une part importante des prérogatives royales, et dont on pourrait imaginer invoquer l'arbitrage contre les rois eux-mêmes. De grands travaux transforment dès lors Thèbes en la scène d'imposantes processions d'Amon, au cours desquelles on croit voir le dieu dicter parfois sa volonté jusque dans le choix des rois : Hatchepsout, puis Thoutmosis III, prétendront ainsi légitimer l'un contre l'autre leurs règnes respectifs par des oracles d'Amon. Certaines de ces cérémonies, comme la fête d'*Opet*, où la statue du dieu est transportée publiquement de Karnak à Louqsor, avant de réintégrer son temple, acquièrent bientôt une importance nationale ; de toute l'Égypte, on se rend à Thèbes pour y participer, dans l'espoir de faire entendre à Amon ses prières ou ses doléances. Notons qu'à la même époque, d'autres dieux d'autres points de l'Égypte font l'objet de spéculations théologiques dans les mêmes termes qu'Amon-Rê de Karnak, montrant que le problème posé par la nature du divin stimulait un mouvement de réflexion s'étendant à l'échelle du pays et dépassant l'existence particulière de chaque divinité.

Cette recherche devait s'exprimer notamment à travers d'innombrables hymnes solaires gravés, sous la XVIIIe dynastie, à l'entrée des tombes de Thèbes ou d'autres lieux du pays ; une recherche qui d'ailleurs, du fait de l'accroissement quantitatif des élites, concernait désormais une part bien plus grande de la société que cela n'avait été jusque-là le cas. Beaucoup de ces hymnes, empruntés semble-t-il à la liturgie du culte solaire, jouaient encore d'un système spéculatif compliqué, hérité de la tradition, dont les éléments les plus secrets devaient inspirer, à la même époque, la décoration des tombes royales (Livre de l'Amdouat, puis, après Amarna, Livre des Portes, des Cavernes...) [34]. On prétendait y rendre compte, à grand renfort de génies, de barques célestes et d'une multitude de dieux, du mystère insondable que représentait le mouvement apparent du Soleil, de sa naissance à sa « mort » quotidienne, puis de celle-ci à sa renaissance du jour suivant, après son séjour nocturne aux Enfers. Le ciel était ainsi le corps d'une déesse, Nout, courbée au-dessus de la terre, elle-même le corps d'un dieu, Geb, allongé sous elle. Le Soleil, conçu à l'image d'un homme ou d'un faucon, traversait le ciel dans une barque où les bras de déesses le déposaient au matin pour l'y reprendre le soir et le placer sous terre dans une autre embarcation, au moyen de laquelle il traversait un Au-delà souterrain, peuplé de morts et de génies effrayants. Tout ce mystère sublime, en lequel se manifestait la toute-puissance du Soleil divinisé, dont la récurrence semblait garantir la pérennité de l'Univers et de l'humanité, se déroulait pourtant *motu proprio*, sans autre participation humaine que celle du roi, prêtre du Soleil, qui en connaissait les arcanes et, par la récitation des textes appropriés, y associait, en s'identifiant à l'un de ses acteurs, la société dont il était le chef et le représentant[35].

Cependant, une autre école théologique, appelée par Jan Assmann « nouvelle théologie solaire », d'esprit rationaliste, rejetant ces conceptions comme autant de superstitions, prenait pour thème de réflexion la seule réalité visible[36]. Cette école devait également s'exprimer par des hymnes au Soleil, dont on doit cependant remarquer qu'ils ne sont pas antérieurs au règne d'Amenhotep III, le père d'Akhenaton ; ainsi l'hymne du papyrus du musée du Caire n° CG 58038 (dit « Papyrus Boulaq 17 »[37]) ou ceux de la stèle de Souti et Hor (British Museum n° 826)[38]. Fondés sur une description objective de la course du Soleil, ces hymnes en tiraient des conséquences théologiques qui rejoignaient les conceptions mises en image, à la Ve dynastie, dans le temple funéraire de Niouserrê : l'astre du jour était un dieu unique, transcendant, souverain, créateur de l'espace, du temps et des êtres, par son mouvement, sa lumière et son rayonnement. Ce dieu, pourtant, recevait encore le nom d'Amon-Rê et passait, dans les différentes phases de son cycle quotidien ou en ses différents attributs, pour la manifestation de nombreuses autres divinités.

La religion d'Akhenaton ne devait être qu'une variante radicale, monothéiste, de ce mouvement de pensée : supprimerait-on, dans les hymnes ci-dessus évoqués, les noms des dieux traditionnels et celui d'Amon-Rê, qu'on obtiendrait des textes analogues aux hymnes à Aton d'Amarna[39]. Séduisante intellectuellement, cette religion cependant ne devait pas survivre à son fondateur. C'est que, rejetant l'existence des dieux traditionnels, elle ne pouvait satisfaire l'attente des croyants — sinon, peut-être, celle d'une poignée de convertis. Comme il était un dieu universel, transcendant, Aton ne pouvait être celui d'une localité. Thèbes, puis Akhetaton, ne seraient conçues que comme le point exact de l'Univers où il apparaissait à l'aube : avant même que le second nom eût été choisi par le roi pour sa nouvelle capitale, celui d'Akhet-en-aton, qui signifie, comme le premier, « Horizon d'Aton », servit sporadiquement à désigner Thèbes[40]. Il était en outre inconcevable qu'il eût des statues, auxquelles s'adressât un culte : ses représentations se contentaient de le figurer, sans prétendre l'incarner. C'était une entité dont l'être et l'apparence coïncidaient, au contraire des dieux traditionnels, dont l'être véritable passait pour résider dans l'Au-delà, et dont les statues, qu'un élément mystique de leur personnalité venait chaque jour habiter, n'étaient que les effigies, les reposoirs terrestres. Son culte ne consistait plus, comme celui qui s'adressait à eux, en la consécration d'offrandes prétendant les nourrir et les satisfaire, prévenant ainsi leur colère, qui mettait en danger l'existence du monde. Il se bornait à célébrer, avec chants et danses, sa perfection et son empire sur la nature ; à reconnaître hum-

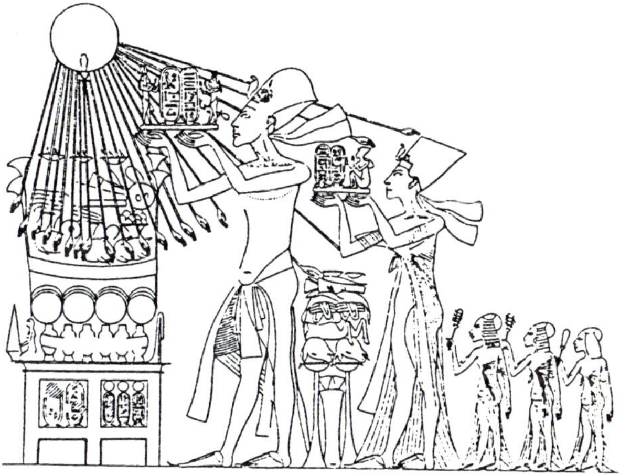

Fig. 7. Le culte à Amarna *(tombe d'Apy).*

blement sa souveraineté en signe de soumission, sans nulle contrepartie morale ou matérielle, en lui sacrifiant, sous forme d'offrandes, les prémices de ses créations [fig. 7]. Ce n'était pas ainsi un dieu qu'on pût prier pour le fléchir. C'était une force aveugle et sourde, dotée d'un mouvement implacable, et comme dépourvue de conscience. Une force qui toujours avait été et qui toujours serait, se mouvant solitaire dans le vide angoissant d'un Univers sans dieux, indifférente au monde que pourtant elle créait. C'était un dieu auquel on ne pouvait prêter aucun des traits humains que l'homme, de tout temps, assigne à ses dieux. Un dieu dont la religion substituait en outre, à l'idée attrayante d'une seconde vie du mort en un paradis enchanteur, la pâle perspective de sa survie fantomatique sur les lieux de son existence[41]. C'était non pas un dieu auquel le Soleil eût prêté sa forme, mais simplement le Soleil, que l'on considérait comme un dieu. C'était un dieu de philosophes. Pour l'Égyptien, c'était à peine un dieu.

Quoique monothéiste (car en dépit de réserves ici ou là émises, on ne voit pas de quel autre terme la qualifier), la religion d'Amarna devait comporter au moins un autre « dieu », lequel, au contraire d'Aton, était accessible aux fidèles. C'était Akhenaton lui-même, ou plus exactement le couple qu'il formait avec Néfertiti, voire la famille royale tout entière[42]. En règle générale, les maisons des hauts fonctionnaires d'Amarna comprenaient ainsi, bien en évidence, dans leur salle de réception ou dans leur jardin, abritée dans un édicule particulier, une stèle figurant ce couple ou cette famille, objets d'un véritable culte [fig. 5]. Plus politique que strictement religieux, ce culte se fondait sur l'idée que le roi était le « fils » du dieu ; idée qui, on le sait, n'était pas véritablement nouvelle : dans son temple de Deîr el-Baharî, Hatchepsout, notamment, près d'un siècle plus tôt, avait fait représenter l'union charnelle entre sa mère et le dieu Amon-Rê, à laquelle elle prétendait devoir sa naissance. Mais Akhenaton ne se concevait pas comme le fils d'Aton au sens humain du terme. Son ascendance au Soleil procédait d'une « émanation », au sens de l'ancienne théologie d'Atoum. C'est ainsi que, sur les stèles plus haut évoquées, on voit le couple royal, touché par les rayons d'Aton, assumer clairement la fonction que cette théologie assignait aux dieux Shou et Tefnout : celle du premier couple créé, issu du Soleil, et participant ainsi, comme après eux l'humanité entière, de la nature du dieu[43].

Le culte de la famille royale amarnienne (qu'on pourrait qualifier de « religion laïque », si les Égyptiens n'avaient ignoré le sens du mot « laïcité »), rencontrait et, sans doute, recouvrait consciemment une intention politique précise. La conception selon laquelle les dieux traditionnels, et particulièrement Amon-Rê, pouvaient à travers leurs statues manifester leur volonté aux hommes, était, pour le pouvoir, un danger potentiel. Ce qu'un dieu avait ordonné, un roi aurait-il pu le défaire ? Mais comme Aton n'avait nulle image de culte, cette conception, et le lien affectif qu'on pouvait entretenir personnellement avec une divinité, étaient détournés au profit du pouvoir. Et comme ce lien était d'une certaine manière, puisqu'il résultait d'un choix personnel, la seule manifestation alors concevable d'une certaine liberté de pensée, la période amarnienne, pour attrayante qu'elle paraisse aujourd'hui, fut ainsi, dans l'histoire de l'Égypte, l'un des points culminants de l'absolutisme politique. Aux processions d'Amon se substituaient désormais les défilés du roi sur son char. C'est à lui seul, qu'Aton seul « inspirait », et dont les ordres remplaçaient les oracles divins, que devait s'adresser maintenant la ferveur individuelle et qu'il incombait d'apprécier les conduites. Et c'est lui qui était désormais, pour le juste croyant, la source unique de toute gratification.

Procédant tout entière de ces idées religieuses et de leur mise en œuvre, le règne d'Akhenaton devait produire une œuvre architecturale originale et abondante. À peine monté sur le trône, selon le témoignage d'une stèle des carrières de grès du Gébel el-Silsiléh, à une centaine de kilomètres au sud de Louqsor [44], il ordonna la construction de temples d'Aton à Karnak ; projet pour lequel l'armée fut mobilisée, et des travailleurs réquisitionnés dans l'ensemble du pays. Bientôt, de ces carrières ou d'autres lieux d'Égypte [45], affluèrent à Thèbes par bateaux entiers des dizaines de milliers de petits blocs de grès, connus sous le nom arabe de *talatates*, et mieux adaptés, par leurs dimensions réduites, à une entreprise de construction qu'on souhaitait rapide, que les grands blocs de pierre de taille jusque-là privilégiés par l'architecture religieuse. Jusqu'à l'an 5 vont être ainsi érigés à Karnak plusieurs monuments dont des répliques devaient exister, à Amarna, sous des dénominations identiques[46] : un temple principal, ou *Gempaiten*, « Découverte d'Aton » ; un *Hout-benben*, ou « Château du benben » ; deux édifices dits *Roud-Ménou-en-Iten-er-néhéh*, « Solides sont les monuments d'Aton pour l'éternité », et *Téni-ménou-en-Iten-er-néhéh*, « Distingués sont les monuments d'Aton pour l'éternité » ; enfin un palais royal, *Hâemakhet*, « Celui qui se réjouit dans l'horizon », dont l'existence est attestée notamment, en l'an 2 du règne, par le bordereau écrit en égyptien cursif (hiératique) sur le rebord d'une tablette cunéiforme adressée à Amenhotep IV par le roi de Mitanni Toushratta pour saluer son avènement[47]. L'ensemble des ces monuments constituait, par analogie avec le « Domaine d'Amon » de Karnak, *Per-Imen*, une institution nommée *Per-Iten*, « Domaine d'Aton », qui fut dotée par le roi de près de 7 000 travailleurs[48].

Abandonnés à la mort d'Akhenaton, ces édifices devaient être démantelés sous le règne d'Horemheb, à la fin de la XVIIIe dynastie, et leurs blocs, remployés par ce souverain à l'érection des IIe, IXe et Xe pylônes du temple d'Amon, ainsi qu'à l'établissement des fondations de la grande salle hypostyle de Karnak, achevée par ses successeurs. Il en subsistait cependant encore, sous Ramsès II, une quantité suffisante pour qu'ils pussent servir, dans la région thébaine, à l'agrandissement des temples de Louqsor et de Médamoûd. Depuis le début du siècle, les fouilles et la restauration des temples de Karnak ont ainsi permis de recueillir, au total, environ 120 000 blocs provenant de ces édifices ruinés[49]. Depuis près de trente ans, un ambitieux projet archéologique, l'*Akhenaten Temple Project*, fondé en 1965 par l'Américain Ray W. Smith, et dirigé depuis 1972 par l'archéologue canadien Donald B. Redford, travaille à la reconstitution de leurs parois, sur

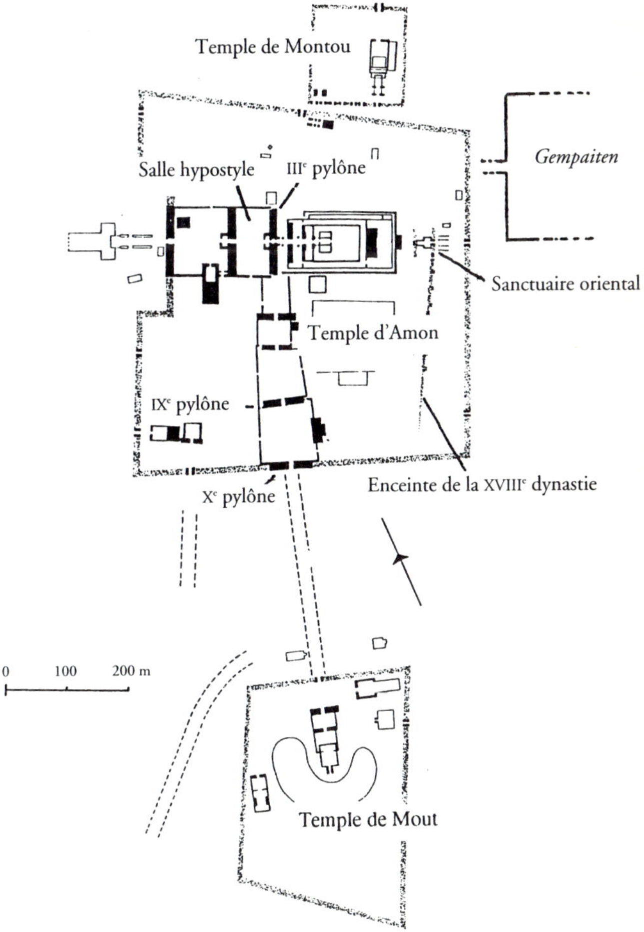

Fig. 8. Karnak et le *Gempaiten.*

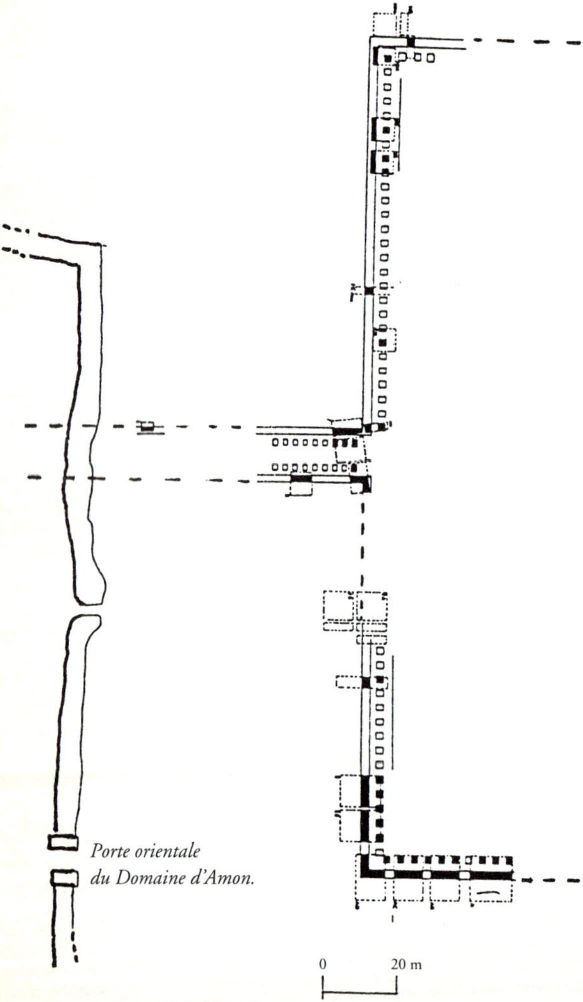

Fig. 9. Facade occidentale du *Gempaiten* de Karnak.

la base de l'enregistrement photographique de tous les blocs connus à une échelle uniforme. De son côté, le démontage du IXe pylône, entrepris en 1967 par le Centre franco-éyptien pour l'étude des temples de Karnak, a permis, en 1971, celle d'une paroi du *Téni-ménou*, exposée aujourd'hui au Musée de Louqsor [50].

Grâce à l'importance des moyens ainsi mis en œuvre, nous pouvons aujourd'hui nous former une idée assez précise du décor et de l'aspect des temples atoniens de Karnak, quoiqu'il soit encore impossible de reconstituer un monument entier, et, à une exception près, d'en déterminer l'emplacement d'origine. Cette exception concerne le temple *Gempaiten*, dont les vestiges, situés à l'est de la porte orientale de l'enceinte de Karnak et bordant, sur son côté nord, une avenue prolongeant vers l'est l'axe du temple d'Amon, furent découverts en 1925-1926 par Henri Chevrier, directeur des travaux de restauration de Karnak, sommairement fouillés par lui jusque dans les années cinquante, puis explorés plus minutieusement, à partir de 1975, par l'équipe de l'Akhenaten Temple Project, sous la direction de Donald B. Redford. Le résultat de ces recherches permet d'établir que ce temple formait une cour péristyle de 216 m de large pour une longueur inconnue (mais sans doute considérable) [51], dont les parois étaient abritées par un toit reposant sur des piliers carrés, de 7 mètres de haut, ornés, du côté sud, de colosses adossés représentant le roi [fig. 8-10] [52]. Au centre de sa façade ouest, une porte monumentale s'ouvrait sur un couloir d'environ 10 m de large, bordé de piliers, qui le mettait probablement en communication avec le palais royal dont nous avons parlé plus haut, lequel devait se situer au nord du temple d'Amon, à l'intérieur de son actuelle enceinte de briques crues, datant de la XXXe dynastie [53]. Par analogie avec

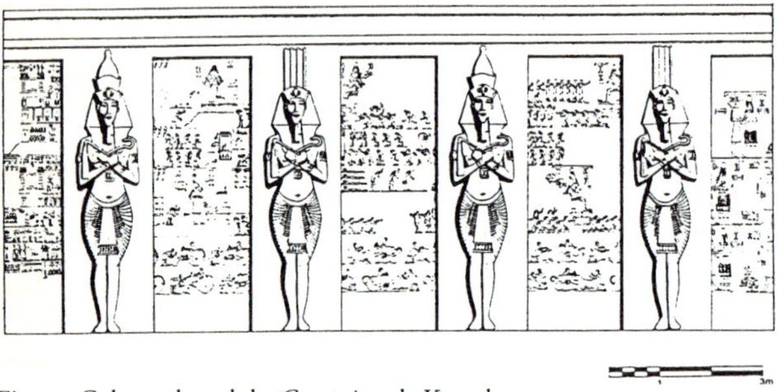

Fig. 10. Colonnade sud du *Gempaiten* de Karnak.

l'architecture des sanctuaires solaires connus depuis l'Ancien Empire et qui formaient, depuis Hatchepsout, un élément indispensable des temples funéraires royaux de Thèbes, on doit peut-être imaginer au centre de la cour, malgré l'absence de tout vestige actuellement repéré, une plate-forme à offrandes orientée vers le Soleil levant, avec, du côté ouest, une rampe permettant d'y accéder[54]. Le décor des parois de l'édifice était singulier, puisque, gravé vers l'an 3 du règne, il détaillait les épisodes d'un jubilé royal, ou « fête-sed », renouvellement des fêtes du couronnement normalement célébré par les pharaons, pour la première fois, à l'issue de trente années de règne. Sa célébration à une date aussi prématurée fut donc peut-être, avec ce qu'elle supposait de rupture avec la tradition, le moyen choisi par le roi pour marquer solennellement l'institution du nouveau culte[55].

L'architecture religieuse des temples traditionnels s'accordait avec l'idée qu'on se faisait, jusqu'à Akhenaton, de la divinité[56]. De l'extérieur vers l'intérieur, après un pylône et une cour péristyle, on atteignait une salle hypostyle, où déjà régnait la pénombre, puis un naos abritant, dans une obscurité complète, l'effigie terrestre du dieu qui y recevait un culte. Voué à celui du Soleil tel qu'il était visible, le *Gempaiten*, au contraire, était à ciel ouvert, au point que même ses portes étaient dépourvues de linteau. Cette caractéristique essentielle, mise en œuvre plus tard sur une plus large échelle sur le site d'Amarna, était partagée déjà par les autres monuments d'Amenhotep IV à Karnak. Ainsi le *Hout-benben*, dont on suppose qu'il se dressait à l'est du *Gempaiten*, était-il principalement constitué, comme celui-ci, d'une cour péristyle, bordée de piliers carrés s'élevant jusqu'à 9,50 m de haut et ornés de représentations de Néfertiti et de l'une ou l'autre de ses filles faisant offrande au disque d'Aton. Des colosses à l'effigie de la reine s'élevaient peut-être à ses entrées[57], et c'est un trait remarquable de ce monument que son décor excluait, semble-t-il, la représentation de toute personne de sexe masculin [fig. 11]. Son nom se rapportait

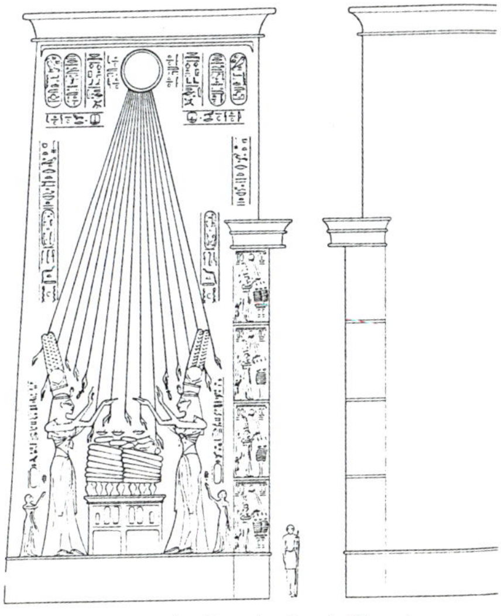

Fig. 11. Une porte du *Hout-benben* de Karnak.

à la présence, en son centre ou à proximité, d'un obélisque figurant le tertre *benben*. Aussi devait-il constituer, avec le *Gempaiten*, un ensemble fonctionnel assez proche, du moins en théorie, de celui constitué plus tard par le grand temple d'Amarna et son sanctuaire séparé. Il s'inspirait peut-être de l'architecture des temples solaires de la Ve dynastie ou de leur modèle supposé, le sanctuaire héliopolitain de Rê-Horakhty. Mais la présence de cet ensemble à l'est de Karnak laisse supposer une autre source possible d'inspiration, qui témoignerait alors de ce que la doctrine d'Aton devait à la théologie d'Amon-Rê, telle qu'elle avait été élaborée à Thèbes depuis le début de la XVIIIe dynastie. Depuis l'an 30 de Thoutmosis III, en effet, une chapelle orientée vers l'est, dite « sanctuaire oriental de Karnak », construite entre deux obélisques d'Hatchepsout[58], occupait le centre de la paroi extérieure est du temple d'Amon. Elle abritait un groupe statuaire du roi et d'Amon dont il avait été prévu qu'il regardât, plus à l'est, placé dans l'axe du temple, un obélisque unique de 33 m de haut (aujourd'hui à Rome, à Saint-Jean de Latran), qui ne devait être érigé que sous Thoutmosis IV, et qui devait former, sous Ramsès II, le centre d'un petit temple, orienté vers l'est[59]. Cet ensemble de monuments, où l'on retrouve des éléments des temples solaires de l'Ancien Empire, notamment l'obélisque, matérialisation du *benben*, servait manifestement à saluer et à rendre un culte au Soleil levant, interprété localement comme une manifestation d'Amon-Rê. Il semble avoir ainsi assumé la même fonction que celle qui serait dévolue aux monuments d'Amenhotep IV ci-dessus décrits. Le sacrifice d'offrandes à Aton à son lever à l'horizon, accompagné de chants et de musique[60], devait représenter, à Thèbes comme à Amarna, l'essentiel du culte de ce dieu.

Les autres monuments thébains datant d'Amenhotep IV, le *Téni-ménou* et le *Roud-ménou*, demeurent mystérieux. Leur décor, quoique partiellement reconstitué, ne permet malheureusement pas de préciser leur fonction. On y voit le roi consacrer des offrandes à Aton sur d'innombrables autels, des défilés de chars de la famille royale escortés de troupes innombrables, des files d'étrangers venus saluer le roi et de nombreuses scènes ayant trait à la préparation des offrandes dans des ateliers ou des magasins. Du fait que les blocs qui en proviennent servirent principalement à Horemheb à la construction du IXe pylône, on suppose qu'ils s'élevaient originellement au sud du temple de Karnak et non à l'est, comme le *Gempaiten* ou le *Hout-benben*, mais c'est tout ce que l'on peut en dire. Et l'on en sait encore moins, à l'exception évidemment d'Amarna, des quelques autres monuments religieux édifiés sous le règne en d'autres points d'Égypte et jusqu'au Soudan, dans la forteresse nubienne de Sésébi[61]. Encore s'estime-t-on heureux de connaître le plan de ce dernier sanctuaire, ou de savoir que le roi, au début du règne, avait ordonné de doter richement en offrandes quotidiennes un temple d'Aton à Memphis[62], dont Âper-El, vizir de Basse-Égypte depuis Amenhotep III, devait être l'administrateur[63]. Mais des sanctuaires d'Aton édifiés à Héliopolis, Tell el-Balamoûn ou Hiérakonpolis, rien ne subsiste aujourd'hui que des blocs épars[64].

Hormis les monuments atoniens de Karnak, les principaux vestiges archéologiques du règne sont évidemment ceux de la ville d'Akhetaton, construite sur le site actuel d'Amarna entre l'an 5 et l'an 8[65]. Délimité par des « stèles-frontière » taillées dans les falaises dominant à l'est et à l'ouest le cours du Nil (14 au total, gravées en deux groupes en l'an 5 et 6, certaines avec un texte additionnel daté de l'an 8), le territoire de la nouvelle cité devait former une aire presque rectangulaire d'environ 15 km du nord au sud sur 20 km d'est en ouest, soit environ 300 km^2, mais dont la majeure partie, sur la rive gauche du fleuve, se composait des terres agricoles destinées à la subsistance de la ville proprement dite, groupée sur la rive droite[66]. Celle-ci, d'après le texte des stèles, était appelée à comprendre, outre naturellement les bureaux du gouvernement et les maisons de ses habitants (on en estime parfois le nombre jusqu'à 50 000 personnes[67]), plusieurs temples d'Aton, des palais pour le roi et sa famille, une nécropole royale, les tombes des dignitaires de la cour ou de l'État, qu'on creusait jusque-là à Thèbes, et une sépulture pour le taureau Mnévis, animal sacré du culte héliopolitain du Soleil. Comme son nom en fait foi (Akhetaton signifie, en égyptien, « Horizon d'Aton »), la ville représentait, selon les conceptions de son fondateur, le point précis de l'Univers où Aton se levait. Ce n'est donc sans doute pas un hasard si, lorsque de son centre on regarde la falaise qui la domine à l'est, le ouâdî conduisant à la tombe royale semble former, avec les escarpements qui le bordent, l'image du hiéroglyphe de la double montagne, , auquel ne manque que la représentation du Soleil pour obtenir celui signifiant horizon : [68]. Sise dans un hémicycle montagneux, parcouru par un réseau de routes de surveillance et de communication, Akhetaton, telle que nous la font connaître des fouilles allemandes puis anglaises qui ont duré presque tout le XXe siècle[69], se groupait le long d'un axe principal d'une quarantaine de mètres de large, l'« avenue royale », courant du nord au sud parallèlement au Nil sur quatre kilomètres de long environ [fig. 12]. Cet axe mettait en communication deux ensembles urbains, la « ville nord », où demeurait le souverain, et la « ville centrale », où se situaient

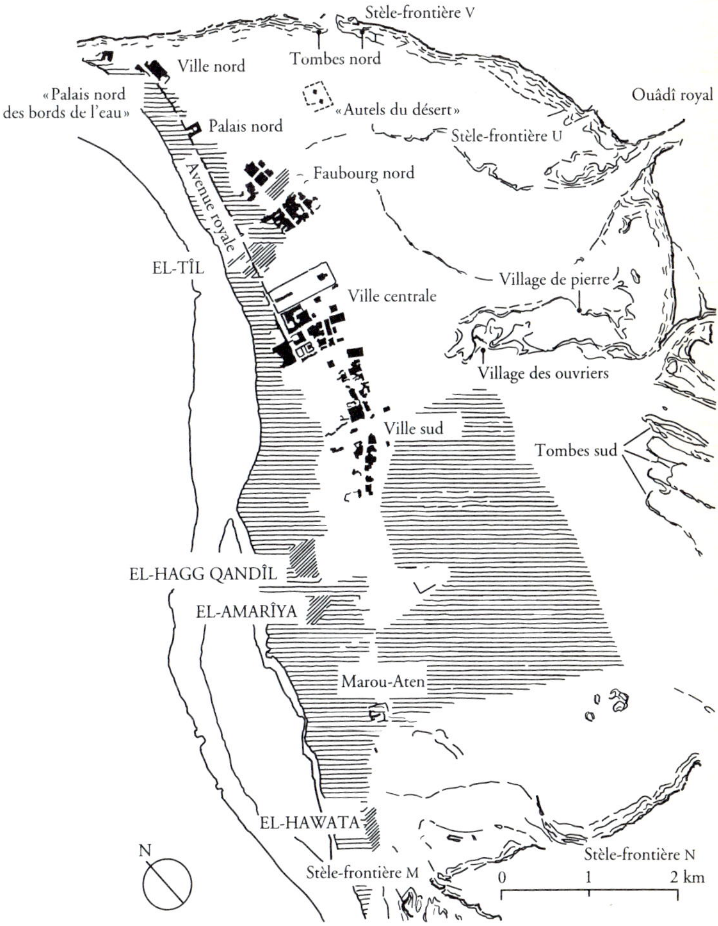

Fig. 12. Plan général d'Amarna

son palais officiel, les bureaux du gouvernement et les temples d'Aton. Il formait la scène d'imposantes processions de la famille royale (un thème favori du décor des tombes d'Amarna) : escortés d'un grand déploiement de policiers et de gardes du corps, le roi et sa famille, en char, l'empruntaient pour se rendre périodiquement à la ville centrale, afin d'y célébrer le culte d'Aton, se donnant ainsi à voir à leurs sujets, par une manière d'imitation probablement consciente des grandes processions thébaines d'Amon.

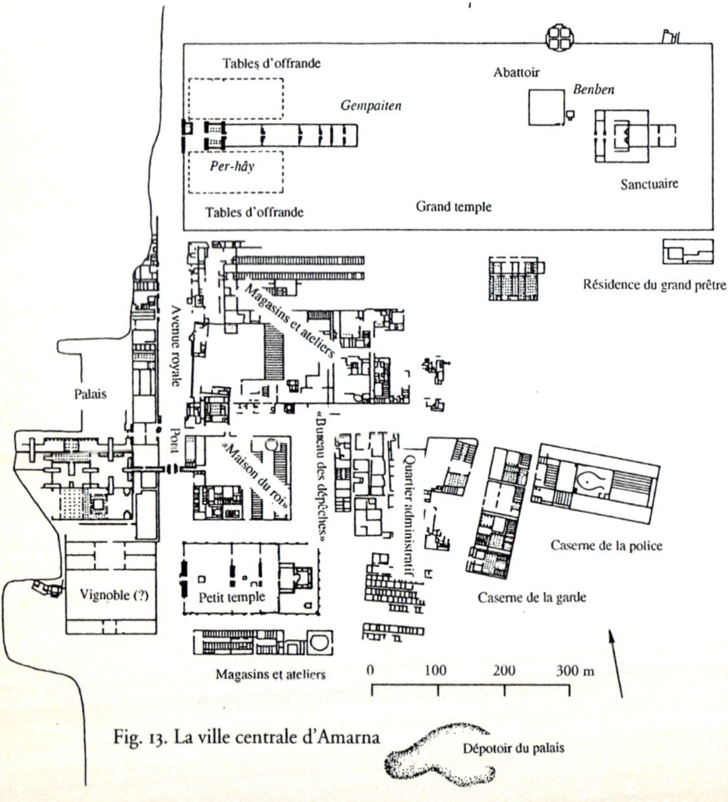

Fig. 13. La ville centrale d'Amarna

Outre un quartier administratif, la ville nord comprenait essentiellement, entre le Nil et l'avenue royale, un vaste palais fortifié à double enceinte contenant magasins et casernes, le *North riverside palace*, résidence privée du souverain. Sa façade orientale, sur l'avenue, faisait face aux maisons des principaux courtisans, groupées de l'autre côté. Au sud de cette « ville nord », l'avenue passait sous un pont[70], puis longeait la façade occidentale de l'enceinte d'un second palais, isolé, le « palais nord », qui fut sans doute à l'origine la résidence de Néfertiti, mais devait revenir après le décès de celle-ci, vers l'an 14, à la fille aînée du roi, Méritaton, devenue son épouse. Il contenait des salles de réceptions et des appartements privés, des jardins, des autels et des cours, ornées de peintures murales polychromes. À l'est, dans le désert, à mi-chemin de ce palais et de la falaise où était creusé le groupe septentrional des tombes des dignitaires du régime, s'élevaient dans un vaste enclos trois plates-formes de briques avec rampe, dites « autels du désert », qui supportaient à l'origine des structures en pierre, dont un pavillon à colonnes. On suppose qu'elles servirent au roi, en l'an 12 de son règne, à une solennelle réception de tributs étrangers, dont nous reparlerons.

En suivant toujours l'avenue royale vers le sud, un kilomètre environ après le palais de Néfertiti, on atteignait le faubourg nord de la ville centrale, zone résidentielle composée de maisons en général relativement modestes, sauf à sa périphérie. Puis c'était le centre de l'agglomération, « L'Île "Aton distingué en jubilés dans Akhetaton" », où se groupaient principalement, selon un plan en damier, des temples, des palais et les bureaux du gouvernement [fig. 13]. Venant du nord, le premier monument qu'on apercevait était, à gauche de l'avenue, le pylône en briques de l'enceinte du grand temple d'Aton, ou « Maison d'Aton à Akhetaton ». Cette enceinte délimitait une esplanade de 730 m de long sur 229 m de large (soit près de 17 hectares), où s'étendaient deux temples à ciel ouvert : le grand temple proprement dit, mesurant en son axe 210 m de long, et dont l'accès était marqué par une salle à colonnes, dite « Maison de réjouissance » (*Per hây*), puis, plus à l'est, le sanctuaire qui lui correspondait [fig. 14-15]. Comme leurs contreparties thébaines, ces édifices portaient, respectivement, les noms de *Gempaiten* et de *Hout-benben*, et contenaient principalement, au milieu d'autels occupant le moindre espace disponible (environ 400 pour le seul *Gempaiten*), de grandes plates-formes à offrandes. Entre les deux temples, auprès d'un abattoir, se dressait à l'air libre, sur un podium, la reproduction du tertre *benben* qui donnait son nom au second, et qui adoptait ici la forme d'une stèle au sommet cintré [fig. 16]. À l'extérieur de l'angle sud-est de cette immense enceinte, dont une partie, de part et d'autre du temple principal, était couverte d'une véritable forêt d'autels à offrande (800 de chaque côté), se trouvait la résidence de fonction du grand prêtre d'Aton, Méryrê I. Au sud, un complexe d'ateliers et de magasins servait à préparer ou à stocker les immenses quantités d'offrandes nécessaires au culte.

À l'ouest de l'avenue royale, face au grand temple d'Aton, et aussi vaste que lui, un immense palais étendait en bordure du Nil le dédale de salles et de cours innombrables, de quartiers d'habitation, de chapelles et de jardins, de bureaux, de corps de garde, de magasins et d'ateliers. En sa partie sud, divisé en plusieurs sections par des murs intérieurs, se trouvait un enclos de plan carré d'environ 130 m de côté et de plus d'un hectare et demi de superficie contenant 816 piliers de briques. En regard de l'interprétation traditionnelle qui

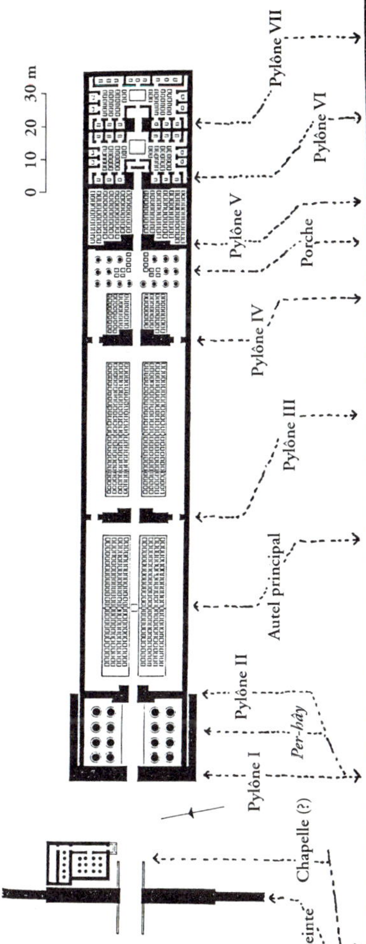

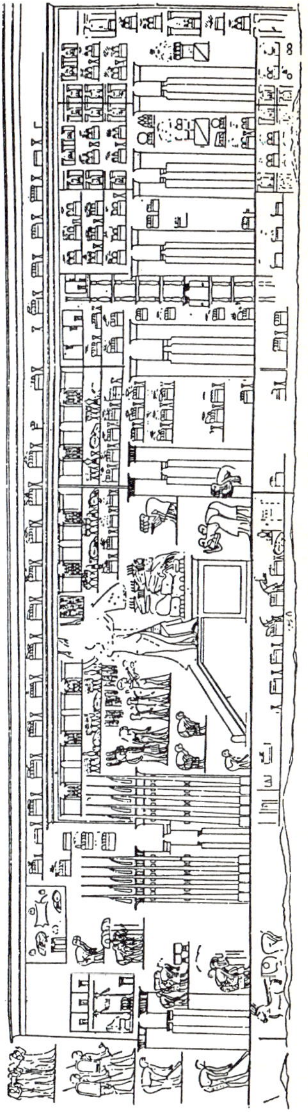

Fig. 14-15. Plan et représentation du grand temple d'Aton à Amarna *(tombe de Panéhésy).*

Fig. 16. Le *benben* d'Amarna
(tombe de Méryrê I).

en fait (sans guère de preuves) la « salle du couronnement » du prince Smenkhkarê, élevé à la corégence par Akhenaton à la fin de son règne, il existe de meilleurs arguments pour y voir simplement un vignoble à pergola[71]. Ce palais d'apparat, qui ne devait servir de résidence à la famille royale qu'en de grandes occasions, était relié par un pont, sur l'avenue royale, à une structure plus petite, à l'est de celle-ci, la « Maison du roi », qui était le « bureau » officiel du souverain. On y trouvait notamment la « fenêtre d'apparition » d'où le roi se plaisait à faire pleuvoir, sur ses serviteurs méritants, l'or des récompenses. Cette « Maison du roi » jouxtait au nord un temple fortifié, le « Château d'Aton », que les archéologues désignent comme le « petit temple d'Aton », où l'on retrouvait, sous de plus modestes proportions, les installations du grand temple, et qui assumait probablement la fonction de chapelle du palais. Au niveau de ce monument prenait fin l'avenue royale [fig. 17]. Derrière lui, vers l'est, s'étendait un quartier administratif bordé, du côté du désert, par les casernes et les écuries de la garde royale et de la police. Dans ce quartier se trouvaient notamment le « ministère des Affaires étrangères » d'Akhenaton, dit « Bureau des dépêches du souverain », qui fut dirigé par un certain Toutou, d'origine probablement syrienne et principal homme de confiance du roi. C'est dans ce bâtiment que l'on a retrouvé les fameuses « Lettres d'Amarna », vestiges, sous formes de tablettes écrites en caractères cunéiformes, de la correspondance diplomatique échangée par Amenhotep III et IV avec leurs vassaux d'Asie et divers souverains étrangers[72].

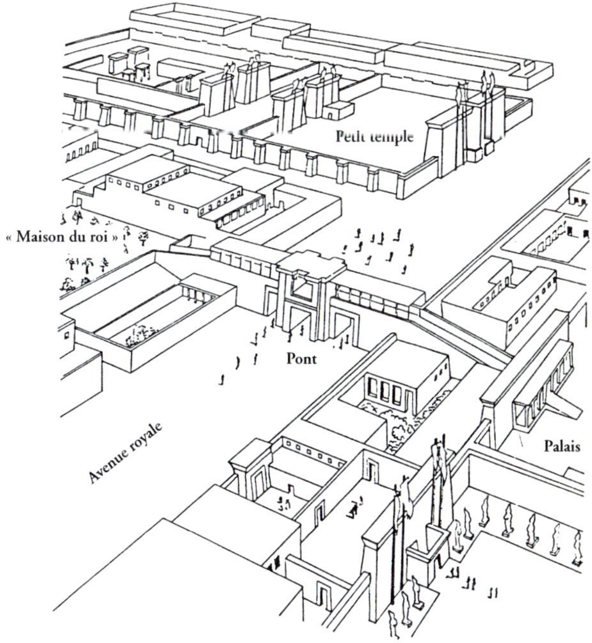

Fig. 17. Élévation du centre-ville d'Amarna (vue du nord).

Au sud de la ville centrale s'étendait encore un faubourg, dit parfois « ville principale », car il représentait la principale zone résidentielle d'Akhetaton. C'est ici que s'étendaient les somptueuses villas d'un grand nombre de dignitaires ou de hauts fonctionnaires, comme celles du vizir Nakht, du général Ramosé, de Panéhésy, adjoint du grand prêtre d'Aton, ou du sculpteur Thoutmosis, où ont été retrouvées de nombreuses études de portraits en ronde-bosse et le célèbre buste de Néfertiti conservé à Berlin [fig. 18]. Vers l'extrémité méri-

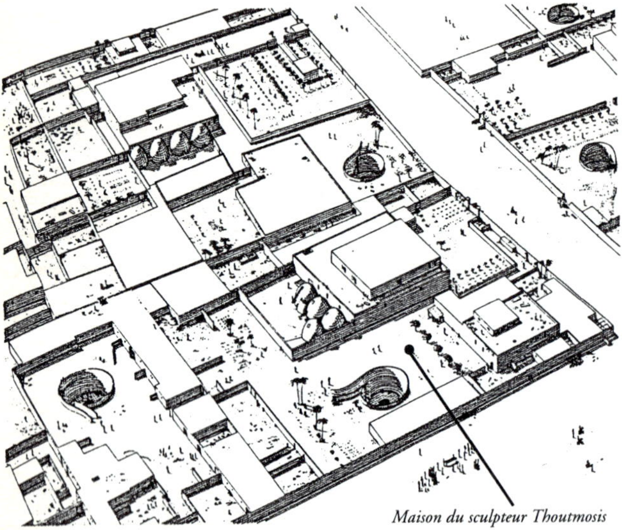

Fig. 18. Élévation d'un quartier du faubourg sud (vue du sud).

dionale du site, au bord du Nil, se trouvaient encore diverses constructions isolées, dont la finalité est incertaine, et dont la principale, dite « Marou-Aton », comprenait, au sein d'une double enceinte, des jardins et des sanctuaires particuliers. Les fragments de son décor laissent supposer qu'il s'agissait à l'origine de la résidence de Kiya, principale favorite d'Akhenaton, mais qu'elle fut attribué, comme le palais nord, après la mort de Kiya, à Méritaton, fille et épouse du roi [73].

En s'éloignant du Nil, à l'est du faubourg sud, loin à l'écart dans le désert, dans une enceinte rectangulaire en briques, un village comprenant une cinquantaine de maisons hébergeait probablement (comme, à Thèbes, Deîr el-Médînéh) les ouvriers chargés de creuser les tombes des nécropoles locales [fig. 19] [74]. Ce village, dont on doit noter qu'il fut habité jusqu'à la fin du règne de Toutânkhamon, possédait son poste de police et une manière de « château d'eau » : un hangar, abritant de grandes jarres où l'on conservait l'eau apportée de la ville dans des vases d'origine étrangère, rebut du palais, ensuite abandonnés sur place. Hors de l'enceinte du village se trouvaient les cimetières de ses habitants, ainsi que leurs potagers et des étables où l'on a pu établir qu'ils élevaient des porcs. Du côté est, quelques chapelles « communautaires » comprenaient un sanctuaire à trois niches, comme

Fig. 19. Le village des ouvriers d'Amarna.

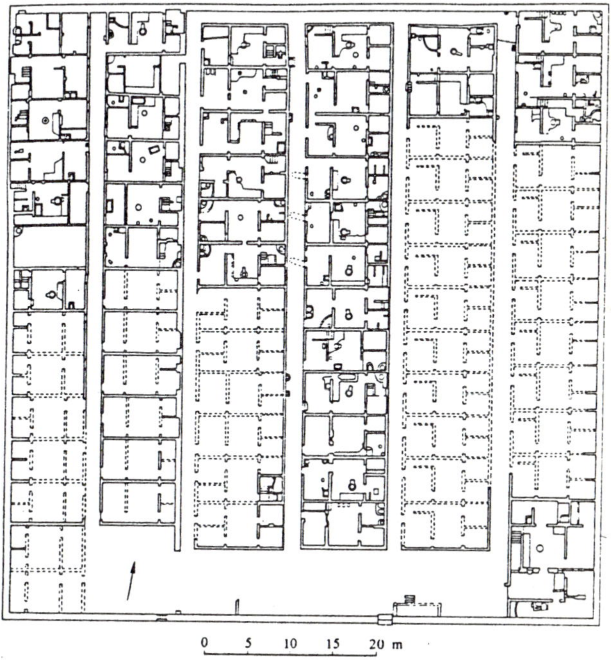

nombre des temples égyptiens traditionnels, ce qui laisse supposer qu'ils étaient consacrés à des cultes pourtant proscrits par l'idéologie officielle (quelques objets propres à l'ancienne religion ont d'ailleurs été découverts dans la ville même d'Amarna). Ces chapelles comprenaient également des salles couvertes où les habitants du village se réunissaient parfois pour manger ou passer simplement, à l'ombre, un moment en commun.

Les tombes des dignitaires du régime, œuvre des habitants de ce village, sont creusées dans les falaises qui dominent, à l'est, le site d'Amarna[75]. Aucune cependant ne fut jamais achevée ni ne servit apparemment à une inhumation. Elles se répartissent en deux groupes, dits « nord » (tombes n° 1 à 6) et « sud » (n° 7 à 25), auxquels s'ajoutent 18 tombes plus petites, non numérotées, soit en tout 43 tombes. Le groupe nord comprend celles de personnages que nous avons déjà cités, comme Méryrê I, grand prêtre d'Aton (n° 4), ou Panéhésy, son adjoint (n° 6), mais aussi celles d'Ahmès (n° 3), Houya (n° 1) et Méryrê II (n° 2), intendants, respectivement, du roi, de sa mère Tiy et de Néfertiti, ainsi que celle de Pentou (n° 5), chef des médecins d'Akhenaton. Le groupe sud comprend aussi les tombes de personnages connus, comme le vizir Nakht (n° 12), Toutou (n° 8), homme fort du régime, ou le général Ramosé (n° 11). On y trouve de surcroît, parmi d'autres sépultures de moindre importance, les tombes de Néferkhépérou-her-sékhéper (n° 13), gouverneur d'Akhetaton, de Mahou (n° 9), chef de sa police, et celle d'un autre général, Paatonemheb (n° 24), qu'on suspecte d'avoir été le futur Horemheb, général et régent de Toutânkhamon, puis dernier roi de la XVIIIe dynastie. Enfin, citons encore la tombe de l'échanson royal Parennéfer (n° 7), dont il est intéressant de constater qu'il disposait déjà, avant le transfert de la

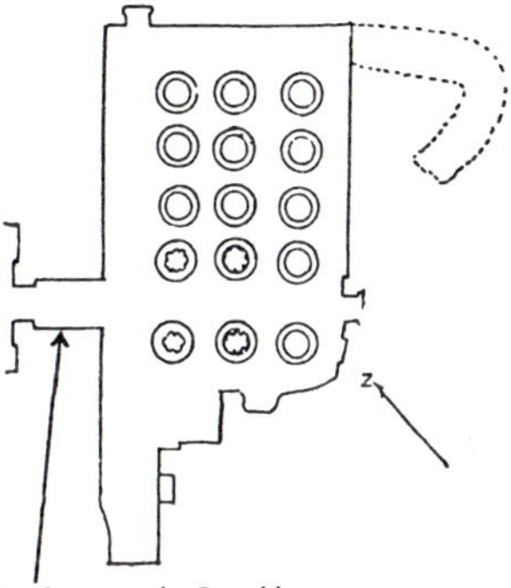

Emplacement du Grand hymne

Fig. 20. Plan de la tombe d'Ay.

capitale à Akhetaton, d'une autre sépulture à Thèbes (tombe thébaine n° 188)[76], et celle du « père divin » Ay (n° 25), futur prédécesseur d'Horemheb sur le trône d'Égypte [fig. 20][77]. C'est à l'entrée de celle-ci que sont gravés les vestiges du Grand hymne à Aton. Le Petit hymne figure quant à lui, sous différentes versions, dans les tombes déjà nommées de Méryrê I, Toutou et Mahou, ainsi que dans celles de deux intendants, Apy (n° 10) et Any (n° 23).

Pour nombre de ces dignitaires on connaît, nous l'avons vu, les vestiges des résidences qu'ils habitaient dans la ville, mais on doit remarquer, avec l'archéologue B.J. Kemp, actuel directeur des fouilles anglaises d'Amarna, l'important décalage entre le nombre total de 43 tombes de dignitaires connues sur le site et celui, estimé à 240, des maisons de la ville qui appartinrent à des personnes dont le statut social aurait pu leur valoir l'affectation de telles sépultures. Malgré la volonté exprimée par le roi, dans les stèles-frontière, de voir ses principaux serviteurs se faire désormais enterrer à Akhetaton, il est ainsi manifeste que ceux auxquels leurs fonctions ne leur en faisaient pas un devoir préféraient de loin la perspective d'être inhumés auprès de leurs ancêtres dans leur ville natale[78].

Pourvue de tout ce qui faisait une grande ville de l'Égypte antique, Amarna n'en aurait pourtant pas été l'une des capitales s'il elle n'avait comporté une nécropole royale. Loin

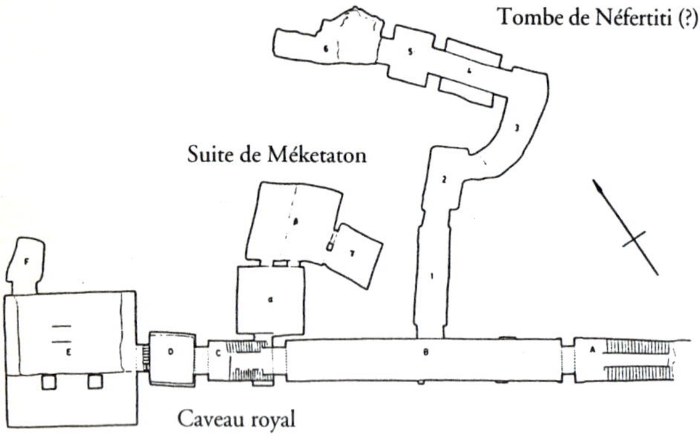

Fig. 21. Plan de la tombe royale d'Amarna.

de la ville et de ses nécropoles civiles, 6 km à l'est de la falaise où celles-ci étaient creusées, sise à l'extrémité d'un long ouâdî entaillant la montagne, cette nouvelle Vallée des Rois ne comprend aujourd'hui d'important, si l'on en excepte quelques tombes inachevées, dépourvues d'inscriptions, qu'un immense tombeau, comparable, dans son architecture, aux tombes royales de Thèbes [fig. 21] [79]. Prévu pour Akhenaton, il devait être transformé, au cours du règne, en caveau familial. Près de la chambre funéraire, une suite de pièces fut creusée pour abriter la sépulture de Méketaton, la seconde fille du roi, morte vers l'an 14 du règne, tandis qu'à mi-chemin du corridor d'accès, un embranchement perpendiculaire devait donner accès à une tombe inachevée — sans doute la sépulture de Néfertiti —, dont l'axe devait être presque parallèle à celle du roi, et de proportions comparables. À la mort d'Akhenaton, le roi, son épouse et leur fille se trouvèrent sans doute réunis dans cette vaste tombe, avant que leurs restes ne soient peut-être transportés à Thèbes, nous le verrons, à la fin de la XVIIIe dynastie[80].

Malgré un grand nombre de sources (mais très peu sont datées), malgré l'abondance et la variété de sa production architecturale, on ne connaît paradoxalement, d'un point de vue événementiel, que peu de choses du règne d'Amenhotep IV-Akhenaton, notamment après le transfert de la cour à Akhetaton, achevé en l'an 9. En ce qui concerne la famille royale, on sait que, de cette date à l'an 11, Néfertiti, déjà mère de trois princesses nées au cours de la période thébaine, Méretaton, Méketaton et Ânkhesenpaaton, devait donner naissance à trois autres filles, Néfernéférouaton-la-Jeune (ainsi désignée pour la distinguer de sa mère, dont le prénom était Néfernéférouaton), Néfernéférourê et Sétepenrê, qui ne sont d'ailleurs pour nous que des noms[81]. Outre Néfertiti et Tiy, mère du roi, on connaît la présence à Akhetaton de deux favorites du roi, Kiya et Ipy. On ne sait si Tadoukhépa, fille du roi de Mitanni Toushratta, et gage vivant de l'alliance égypto-mitannienne, qui avait été l'épouse d'Amenhotep III avant de l'être d'Akhenaton, était encore vivante à cette époque[82].

Divers membres de cette famille devaient être intimement liés à l'histoire égyptienne après la fin de l'épisode amarnien, aussi devons-nous essayer d'en présenter ici un tableau, fût-il approximatif [fig. 22]. Amenhotep IV-Akhenaton était, on le sait, le second fils d'Amenhotep III et de la reine Tiy. Celle-ci était la fille d'un dignitaire d'Akhmîm, en Moyenne-Égypte, Youya, et de son épouse Touya. Tiy avait un frère, Anen, qui fut deuxième prophète d'Amon, mais il est possible qu'elle eût un second frère, qui serait ce « père divin » Ay, titulaire de la tombe n° 25 d'Amarna et futur roi d'Égypte : son nom est d'une consonance voisine de celui de son père

Fig. 22. Généalogie sommaire de la famille royale amarnienne

(les lignes en pointillés indiquent les liens de parenté hypothétiques ; les cadres épais, les rois).

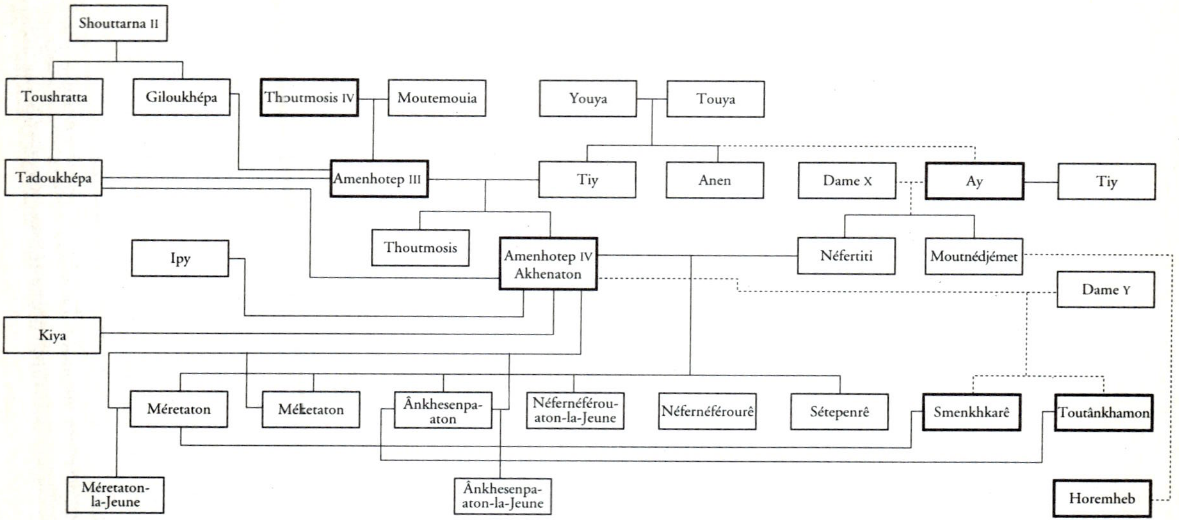

putatif Youya, il porte des titres en partie identiques, et l'une des rares réalisations de son propre règne serait le creusement d'un temple rupestre dans la région d'Akhmîm, berceau de la famille de la reine Tiy. Quoiqu'il en soit, cet Ay avait pour épouse une autre Tiy, qui fut, selon le terme égyptien, la « nourrice » de Néfertiti (c'est-à-dire sa préceptrice), d'où il existe des raisons de penser que celle-ci et sa sœur Moutnédjémet (peut-être future épouse du pharaon Horemheb[83]) étaient les filles d'Ay et d'une autre épouse de celui-ci, aujourd'hui anonyme. En ce cas, le titre qu'il affectionne de « père divin » (littéralement « père du dieu ») signifierait « beau-père du roi » (comme cela avait été le cas pour Youya, beau-père d'Amenhotep III), et Akhenaton aurait été ainsi, tout à la fois, son gendre et son neveu. Par Néfertiti, le roi eut, nous l'avons dit, six filles, dont seules la première et la troisième eurent une importance historique. Vers l'an 14 du règne, en effet, une série de décès devait frapper la famille royale : Méketaton puis Néfertiti disparaissent soudainement, ainsi que Tiy et Kiya [fig. 23]. Le roi, auquel il fallait une reine, épousa donc successivement deux de ses filles, Méretaton et Ânkhesenpaaton, qui devaient lui donner à leur tour des filles, nommées respectivement, d'après le nom de leurs mères, Méretaton-la-Jeune et Ânkhesenpaaton-la-Jeune[84].

Ayant ainsi engendré huit filles, et abandonnant sans doute tout espoir de se voir doté d'un héritier dans la lignée promise au trône, Akhenaton, à la fin de son règne (vers l'an 15 ?), semble avoir choisi pour corégent et successeur désigné un jeune homme, un certain

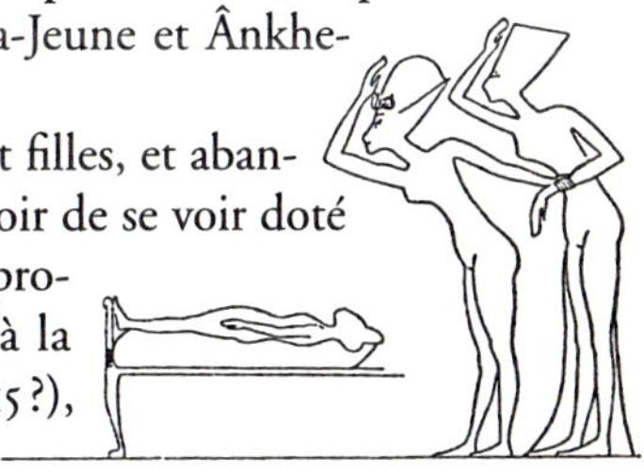

Fig. 23. Akhenaton et Néfertiti pleurent Méketaton *(tombe royale d'Amarna).*

Smenkhkarê, qui reçut pour épouse Méretaton, « répudiée » pour la circonstance par son père[85]. Ce Smenkhkarê, cependant, ne devait pas survivre à Akhenaton, ou de très peu (au maximum un an)[86]. La couronne échut en conséquence à un enfant de neuf ans, Toutânkhaton («Image vivante d'Aton»), qui prit le nom de Toutânkhamon («Image vivante d'Amon»), après avoir proclamé la fin de la religion d'Aton, et qui devait épouser la troisième fille d'Akhenaton, veuve de son père, Ânkesenpaaton («C'est pour Aton qu'elle vit»), rebaptisée bientôt Ânkesenamon («C'est pour Amon qu'elle vit»)[87]. L'analyse anthropologique des momies de Smenkhkârê et de Toutânkhamon invite à considérer ceux-ci comme des frères[88], mais leur ascendance exacte est positivement inconnue. Le sujet n'aurait-il pas été rendu sensible par la fascination qu'exercent la période amarnienne en général et la célébrité posthume de Toutânkhamon en particulier qu'on conclurait sans doute, sans états d'âme, à la solution la plus simple et la plus vraisemblable : qu'ils étaient les fils d'Akhenaton par une épouse secondaire d'identité inconnue[89]. Une autre théorie, qui prétend en faire des fils d'Amenhotep III, est beaucoup moins vraisemblable[90]. En effet, Akhenaton ayant régné dix-sept ans, elle suppose l'existence, entre Amenhotep III et celui-ci, d'une corégence au moins aussi longue que l'âge supposé de Toutânkhamon au moment de son avènement (neuf ans) ; corégence qu'on admet souvent comme une donnée de fait, mais dont il n'existe pas la moindre preuve probante[91].

Des événements proprement politiques de la période amarnienne du règne d'Amenhotep IV-Akhenaton, nous ne connaissons que fort peu de choses. En l'an 12, seule activité militaire attestée sous ce règne, le vice-roi de Koush Djéhoutymès, gouverneur de la Nubie égyptienne, devait conduire dans sa province, à l'est du Nil, une campagne de pacification contre les habitants de la contrée d'Akouyta, dont les velléités de révolte menaçaient l'exploitation des mines d'or du Ouâdî Allâqi[92]. L'insoumission de ces misérables populations ne pouvait être tolérée. C'était de ce désert, en effet, que l'Égypte tirait la plus grande partie des richesses qui lui faisaient alors, à l'étranger, la réputation d'un véritable Eldorado : « dans le pays de mon frère », avait un jour écrit le roi de Mitanni Toushratta à Amenhotep III, « l'or est aussi abondant que la poussière » [93]. En l'an 12 également, Akhenaton devait recevoir au cours d'une imposante cérémonie, tenue probablement aux « autels du désert » d'Amarna[94], l'hommage et les présents des représentants mandatés par les principaux pays entretenant alors des relations diplomatiques ou commerciales avec l'Égypte, y compris des envoyés du monde mycénien, dont la poterie se retrouve en très grande

Fig. 24. La réception de l'an 12 *(tombe de Méryrê II)*.

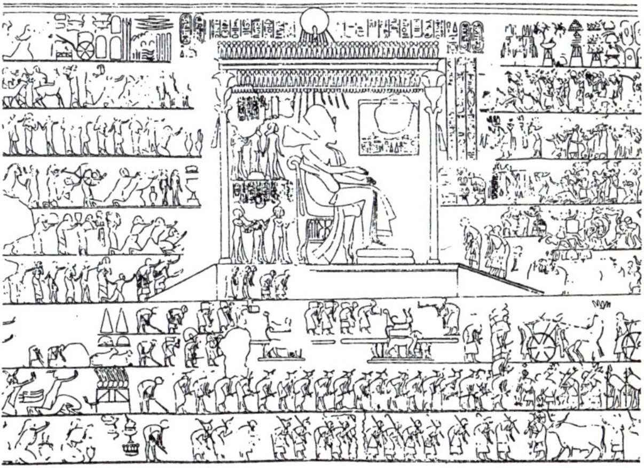

quantité dans les ruines d'Amarna [fig. 24]. Dans une lettre à Akhenaton, le roi d'Assyrie Assuruballit Ier devait d'ailleurs se plaindre de ce que ses envoyés eussent dû supporter, en cette occasion, une interminable station sous le Soleil d'Égypte[95]. L'événement devait être probablement l'une des dernières circonstances où la famille royale parût au grand complet aux yeux de ses sujets. Nous avons indiqué plus haut que vers l'an 14, soit coïncidence, soit effet d'une épidémie[96], une série de décès devait la décimer.

Cette réception, dont les motifs précis sont inconnus (on aimerait connaître, notamment, la signification de sa date[97]) constituait une mise en scène d'inspiration traditionnelle de la supériorité de l'Égypte sur les autres pays du monde alors connu — leurs ambassadeurs étant contraints d'y figurer le rôle de suppliants, et leurs présents, celui de tributs. Mais elle ne recouvrait plus qu'imparfaitement, à la date où elle fut tenue, sa position internationale[98]. Akhenaton laissa en effet dérober à l'Égypte, sans aucune réaction perceptible sur le plan militaire, plusieurs territoires d'Asie, que ses successeurs devraient essayer de reconquérir. Certains auteurs — souvent et paradoxalement ceux qui exaltent avec le moins de retenue ses idées religieuses — sont fort embarrassés sur ce point par l'attitude du roi, qui leur semble une faute, dont il faudrait le disculper. Son « ministre des Affaires étrangères » Toutou, d'origine syrienne, aurait trahi l'Égypte, jouant de son influence pour décourager toute entreprise militaire contre ses anciens compatriotes. Victime ainsi de ses « mauvaises fréquentations », Akhenaton aurait eu de surcroît les défauts de ses qualités. Certains traits supposés de son caractère, passant pour admirables sur le plan des idées, se seraient révélés désastreux à l'épreuve des faits : cet idéaliste, ce croyant, ce penseur, cet être juste et bon, n'aurait été ainsi qu'un pacifiste naïf, un mystique indifférent aux affaires de ce monde, un intellectuel allergique à la vie militaire, pour ne pas dire un indolent congénital. Laissons là ces idées, qui ne relèvent guère que des préjugés de ceux qui les formulent, et qui ne correspondent pas, nous le verrons, à ce que les Égyptiens eux-mêmes pensaient d'Akhenaton. Aucune, en tout état de cause, ne saurait rendre compte, par exemple, de la détermination (qui sut se faire obéir), avec laquelle il imposa sa réforme à l'Égypte, ni de l'omniprésence de la police et de l'armée lors de la moindre de ses apparitions publiques, attestée par de nombreux témoignages. Gageons plutôt que, possédé par une haute idée de l'Égypte et de la fonction royale, il ne considérait ses possessions d'Asie qu'avec le même dédain que Louis XV les « quelques arpents de neige » du Canada français, et la guerre comme une activité subalterne, affaire de serviteurs. Formé sans doute par son éducation à mépriser ses adversaires (ce qui n'était évidemment pas la meilleure manière de s'opposer à eux), il lui était en outre probablement bien difficile de concevoir une idée claire d'un Proche-Orient lointain, d'où ne lui parvenaient, avec de longs délais, que des rapports partiels, fortement teintés par l'intérêt ou la subjectivité de ceux qui les lui soumettaient.

L'Égypte, sous Akhenaton, perdit la tutelle de deux possessions périphériques qui lui avaient assuré, depuis le milieu de la XVIIIe dynastie, le contrôle de la façade maritime du Proche-Orient : la principauté d'Ougarit, sur la côte syrienne, et celle d'Amourrou, au sud de la première. Encore n'étaient-ce, surtout Ougarit, que de lointains protectorats, dont la perte n'était pas significative pour la sécurité de ses colonies principales. Plus sérieusement, elle devait perdre aussi le contrôle de Qadesh, citadelle stratégique à la frontière

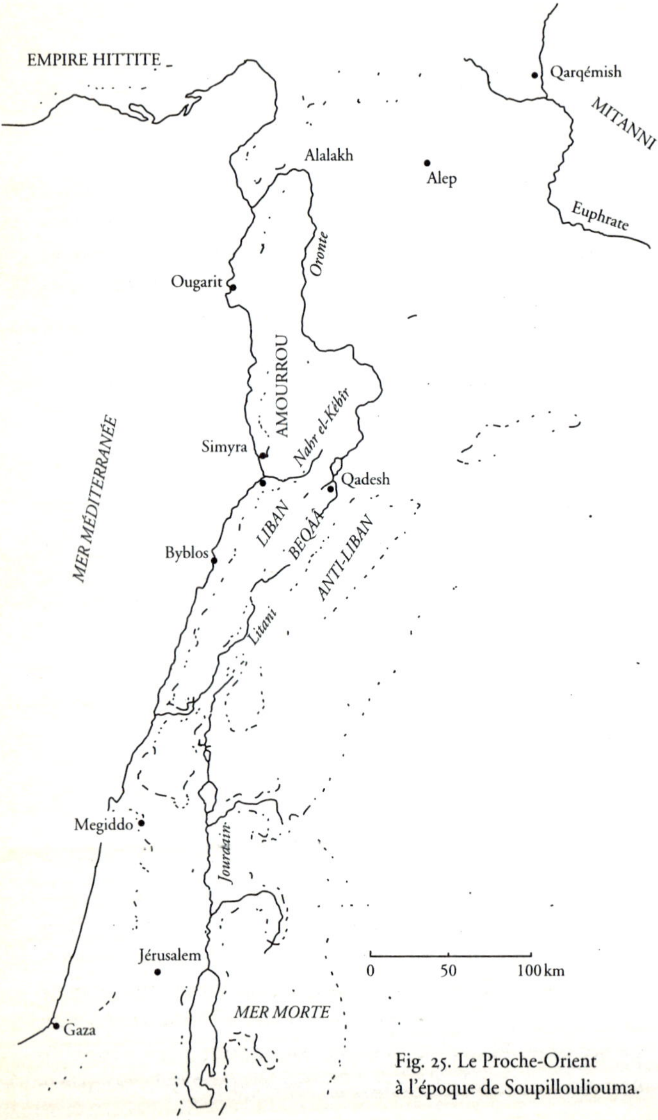

Fig. 25. Le Proche-Orient
à l'époque de Soupilloulıouma.

septentrionale de ses possessions du Levant. En ce qui concerne ces divers points, c'est un fait malheureusement bien établi que les Lettres d'Amarna, nos sources principales, sont plutôt décevantes, tant leur chronologie est incertaine[99]. En l'état actuel de la recherche, voici cependant comment on croit pouvoir reconstituer la trame de ces divers événements. Le personnage central de la scène du Proche-Orient [fig. 25] est alors le roi des Hittites Soupilloulioum a (dont des ambassadeurs figurèrent, à Amarna, à la réception de l'an 12), et son ambition est d'imposer, depuis son royaume anatolien, sa domination à tous les territoires s'étendant, au sud du Taurus, entre la Méditerranée et l'Euphrate. Or ces territoires étaient, à l'ouest, sous la suzeraineté de l'Égypte et, à l'est, sous celle du royaume hourrite de Mitanni (qui s'étendait dans le nord de la Mésopotamie), et, depuis Thoutmosis IV, aïeul d'Akhenaton, les deux pays, qui s'étaient auparavant combattus, étaient liés par un traité de paix, fixant probablement en droit la limite de leurs possessions respectives. Il est possible que l'inaction d'Akhenaton s'expliquât en partie par le fait que les événements de la période se déroulèrent principalement hors des territoires dont la possession avait ainsi été reconnue à l'Égypte.

Vers l'an 30 du règne d'Amenhotep III, Soupilloulioum a, mettant à profit des troubles dynastiques en Mitanni, avait attaqué ce pays, mais avait dû battre piteusement en retraite. L'affaire avait provoqué, de la part du roi de Mitanni Toushratta, le désir d'un rapprochement plus étroit avec l'Égypte, et sa fille Tadukhépa était devenue, en conséquence, l'une des épouses du pharaon[100]. L'Égypte, cependant, connaissait en Asie ses propres problèmes. Le prince d'Amourrou Abdi-Ashirta, nommé à cette fonction par Amenhotep III, s'accommodait mal de la tutelle égyptienne et convoitait, au sud, la principauté de Byblos, dirigée par un fidèle inconditionnel du pharaon, le prince Rib-Haddi. Telle était approximativement la situation internationale lorsque, vers la fin du règne d'Amenhotep III, Soupilloulіouma envahit la Syrie du Nord, préférant, à une attaque frontale contre le Mitanni, la conquête de ses possessions extérieures. C'est alors qu'Ougarit et Qadesh se virent imposer un protectorat hittite et furent donc perdues pour l'Égypte. Mais ces circonstances dramatiques, où une contre-attaque mitanienne atteignit sans lendemain la Méditerranée, permirent aussi au prince d'Amourrou d'assiéger et de s'emparer, dans son pays, de plusieurs garnisons égyptiennes, puis de s'étendre aux dépens de son voisin Rib-Haddi. Les appels de celui-ci à l'aide provoquèrent *in extremis* l'envoi d'une force égyptienne, qui reprit les garnisons perdues. Abdi-Ashirta disparut alors de la scène dans des conditions inconnues[101].

Cette expédition égyptienne précéda de peu la mort d'Amenhotep III. Soupilloulіouma salua par une lettre aimable l'avènement d'Amenhotep IV[102], tandis que Toushratta de Mitanni, par une autre lettre, se faisait un plaisir de rappeler l'alliance le liant à l'Égypte, souhaitant qu'elle fût aussi cordiale sous le nouveau règne qu'elle l'avait été sous l'ancien[103]. Bientôt, cependant, irrité par une révolte des villes syriennes fomentée en sous-main par le Mitanni, Soupilloulіouma, entre l'an I et l'an 6 du nouveau règne[104], lança ses troupes à l'assaut du royaume hourrite, et Toushratta n'eut que le temps de fuir sa capitale avant qu'elle ne fût prise. Puis le roi hittite se retourna contre les villes révoltées de Syrie. C'est le moment que choisit alors le prince Azirou, fils d'Abdi-Ashirta, pour reprendre en Amourrou la politique de son père. Les garnisons égyptiennes qui s'y trouvaient furent de nouveau conquises et les territoires de Rib-Haddi menacés. Malheureusement pour celui-ci, les nombreuses lettres qu'il écrivit au pharaon pour dénoncer son rival ne provoquèrent, cette fois, qu'une réaction de type bureaucratique[105] : Azirou fut convoqué en Égypte. Prétextant la menace des Hittites (avec lesquels il est probable qu'il avait noué des contacts), il ne devait déférer à cette convocation qu'après bien des atermoiements[106]. Son séjour en Égypte, sans doute à Amarna, ne provoqua, de sa part, aucun changement de conduite, sinon qu'il dut bientôt accepter le protectorat des Hittites. Peu après son retour dans son pays, il prit enfin Byblos et le malheureux Rib-Haddi disparut, sans doute assassiné. Mais dès l'époque de son séjour à Amarna, le prince de Qadesh, son allié, aidé de troupes hittites, s'était mis à razzier les territoires égyptiens s'étendant entre le Liban et l'Anti-Liban dans la vallée de la Béqaâ[107]. L'Égypte ne répondrait à ces agressions qu'à l'époque de Toutânkhamon.

Akhenaton mourut en l'an 17 de son règne dans des circonstances inconnues[108]. En quelques années, son œuvre allait être réduite à néant : sa capitale abandonnée et les cultes traditionnels restaurés, tandis que ses monuments, désertés, profanés, tombaient lentement en ruine, avant qu'on prît la peine de les démanteler. Par contrainte ou par conviction, ses premiers successeurs eux-mêmes, Smenkhkarê et Toutânkhamon — qui étaient, nous l'avons dit, peut-être ses enfants — devaient participer à la restauration de l'ordre ancien qu'il avait prétendu abolir. Les dignitaires qui l'avaient servi s'appliquèrent à le taire[109] ; ceux qui, parmi eux, avaient été des adhérents convaincus de la nouvelle religion, ou qui s'étaient trop compromis avec elle, disparurent de la scène.

Smenkhkarê, successeur désigné du roi, ne fit que passer sur le trône. Son règne personnel ne dut pas excéder un an, et l'on y observe déjà un début de retour à la religion traditionnelle : le roi se fit établir un temple funéraire à Thèbes[110]. Successeur de Smenkhkarê, Toutânkhamon, à son avènement, n'était encore qu'un enfant. Le commandant de l'armée, le général Horemheb, qui avait peut-être en cette capacité, sous le nom de Paatonemheb, servi Akhenaton, reçut ou s'octroya la régence du royaume[111]. Représentant d'un « groupe de pression » où figuraient probablement le « père divin » Ay et le chef du trésor royal Maya, il ne lui fut sans doute guère difficile de convaincre le jeune souverain, dès le début du règne, d'abandonner Amarna pour la résidence royale traditionnelle de Memphis, puis de proclamer, par un édit solennel, la restauration de l'ancienne religion[112]. Mais il sut également imposer, au Proche-Orient, une reprise des activités militaires de l'Égypte. Vers l'an 3 de Toutânkhamon, des troupes égyptiennes, qu'Horemheb commanda peut-être en personne (sa tombe de Memphis, récemment retrouvée, contient des représentations de prisonniers asiatiques et hittites[113]), passèrent à l'offensive contre les Hittites au nord de la Béqaâ, en conjonction avec une attaque mitanienne dans la région de Qarqémish, à l'ouest de l'Euphrate.

Malgré quelques succès initiaux (Qadesh fut temporairement reprise, et on connaît l'existence sous Ay, près de Memphis, d'une colonie de prisonniers hittites[114]), cette campagne devait être finalement un échec. Les troupes hittites repoussèrent les Égyptiens, reprirent Qadesh et envahirent la Béqaâ, tandis que Soupilloulïouma mettait le siège devant Qarqémish. Ces événements seraient fatals au Mitanni : affaibli, ravagé bientôt par une guerre civile après l'assassinat de son roi Toushratta, puis démembré par ses voisins, il se verrait contraint d'accepter peu après le protectorat des Hittites.

Au cours du siège de Qarqémish parvint à Soupilloulioumа la nouvelle de la mort de Toutânkhamon ; et de la manière la plus stupéfiante qui se pût sans doute concevoir : la propre veuve du pharaon lui demandait personnellement, par lettre, un de ses fils pour nouvel époux[115]. Âgé sans doute de dix-sept ans, Toutânkhamon était en effet décédé sans postérité, et, en sa personne, la XVIIIe dynastie avait trouvé son dernier représentant masculin. Or la reine, fière de ses ascendances, ne pouvait apparemment admettre l'idée qu'un homme qui n'était pas de sang royal reçut la royauté : sans doute parlait-on déjà d'y élever le « père divin » Ay, qui était peut-être son grand-père, mais n'était que par alliance un parent de la famille royale. Cette démarche ouvrait au roi des Hittites, comme on peut le penser, des perspectives politiques d'une portée incalculable. Y donner suite, pourtant, supposait qu'on prît quelques précautions élémentaires. Un émissaire alla vérifier en Égypte qu'il ne subsistait plus au trône aucun prétendant légitime. Sur son rapport favorable, Soupilloulioumа, de retour dans sa capitale après la prise de Qarqémish, envoya en Égypte son fils Zannanza, mais le malheureux n'atteignit jamais sa destination : il fut assassiné en chemin par des Égyptiens, en lesquels on ne prend guère de risques à voir des agents d'Ay ou d'Horemheb. Malgré le déni par Ay, nouvellement couronné, de toute responsabilité dans l'affaire, Soupilloulioumа lança contre les possessions asiatiques de l'Égypte l'attaque de représailles à laquelle on pouvait s'attendre. Pourtant, rapportée du front par des prisonniers égyptiens, cette campagne n'aurait d'autre résultat notable que de propager, dans le pays hittite, une épidémie de peste qui devait y faire rage pendant une génération. Et ce fléau, dont Soupilloulioumа lui-même, cinq ans environ après la mort de Toutânkhamon, devait tomber victime, mettrait un terme jusqu'à Séthi Ier, à la XIXe dynastie, à l'affrontement égypto-hittite : Moursil II, successeur de Soupilloulioum a, devait y voir un châtiment des dieux, irrités de ce que son peuple, en agressant l'Égypte, avait rompu un traité conclu avec elle à l'époque de Thoutmosis III.

Sous le règne de Toutânkhamon, la ville d'Amarna avait été abandonnée, à l'exception pourtant du village des ouvriers qui en avaient creusé les tombes. La permanence d'une telle occupation, qui connut même un certain accroissement numérique, s'explique probablement (du moins en partie) par le souci de garantir contre d'éventuels pillages les sépultures de la ville, dont celles de la famille royale. Cette occupation, cependant, prit fin avec la mort du roi, et l'absence désormais, sur le site d'Amarna, de toute présence humaine — notamment policière — conduisit peut-être Ay, selon Cyril Aldred, vers l'époque des funérailles de Toutânkhamon dans la tombe 62 de la Vallée des Rois, à faire transférer les corps de Tiy, de Smenkhkarê et d'Akhenaton, avec certaines pièces de leur mobilier funéraire, dans la tombe voisine n° 55 [116]. Quant aux dépouilles de Néfertiti, de ses filles décédées et de la favorite Kiya, dont divers indices montrent qu'elles avaient été inhumées à Amarna et dont on peut supposer qu'elles furent également ramenées à Thèbes, mais dont rien n'a jamais été retrouvé, on peut se plaire à penser qu'elles y reposent toujours dans des tombes inviolées.

Chef de l'armée, régent du royaume, Horemheb, depuis la mort d'Akhenaton, était l'homme fort de l'Égypte. Il lui eût été facile, quand disparut Toutânkhamon, de s'adjuger le trône. Pourtant, soit qu'il eût le souci de respecter les formes, ou qu'il eût à se consacrer à la guerre en Asie (et sans doute aussi, en Nubie [117]), il laissa régner le « père divin » Ay, et ce n'est qu'à sa disparition, quatre ans plus tard, qu'il reçut ou s'adjugea un pouvoir désormais à prendre. Comme il n'y avait en droit aucun titre, encore qu'il eût peut être épousé, en la personne de sa reine Moutnédjémet, une sœur de la défunte Néfertiti (et donc une fille possible d'Ay), un oracle d'Amon justifia le fait accompli [118]. Bénéficiant d'une durée de règne (vingt-cinq ans) qu'aucun pharaon n'avait connue depuis Amenhotep III, il put s'appliquer à réorganiser le pays [119], à projeter peut-être d'autres campagnes militaires [120] et à faire disparaître toute trace de l'épisode amarnien. Soit qu'il eût jugé politique de manifester en faveur d'Amon un zèle de circonstance, soit qu'il eût été un dévot de ce dieu et eût éprouvé ainsi une réelle antipathie pour la religion d'Aton, c'est lui principalement qui fit démanteler les temples d'Akhenaton à Karnak. Mais il usurpa également, de manière presque systématique, les monuments ou les travaux de ses prédécesseurs immédiats, Smenkhkarê, Toutânkhamon et Ay, dont le souvenir était sans doute par trop lié à celui du roi d'Amarna. Se sentant peut-être moralement libéré de tout lien avec la famille royale par la mort de Moutnédjémet en l'an 13 de son règne [121], il est possible qu'il fit alors rouvrir la tombe 55 de la Vallée des Rois, où, nous l'avons vu, une hypothèse de Cyril Aldred suppose que reposaient les corps de Tiy, de Smenkhkarê et d'Akhenaton, ramenés d'Amarna sous Ay. Celui de Tiy, dont des éléments du mobilier funéraire furent abandonnés sur place, fut conduit à une autre sépulture, d'où il devait être transféré, à la XXIe dynastie, dans la tombe d'Amenhotep II, où il fut redécouvert en 1898 (du moins si le cadavre qu'on lui attribue est bien effectivement le sien) [122]. Celui d'Akhenaton (s'il est vrai qu'il s'y fût trouvé) fut extrait du sarcophage où il reposait et remplacé par celui de Smenkhkarê, qui s'y trouvait encore en 1907, lorsque la tombe fut ouverte. Puis le corps du roi « hérétique» fut emporté en un lieu inconnu ou peut-être simplement jeté à la voirie[123].

La rapidité avec laquelle la religion d'Aton fut abolie et ses monuments démantelés ne peut s'expliquer sans doute par la seule volonté politique des rois qui succédèrent à Akhenaton, mais par l'adhésion de tout un peuple: de celui-ci ni des élites, nulle voix ne s'éleva qui défendît son œuvre. C'est que l'image naïve qu'on se forme trop souvent aujourd'hui de ce roi, sur la foi des productions artistiques du règne, comme d'un prophète inspiré, époux aimant et bon père de famille (ce n'était là que propagande), n'est pas conforme à ce que les Égyptiens eux-mêmes en pensaient. Au nom d'un dieu abstrait, inaccessible, qui ne leur était rien, sa réforme s'était acharnée à proscrire des croyances familières, sanctifiées par une tradition immémoriale, en lesquelles chacun trouvait un réconfort ou des raisons de vivre. Il s'était acharné, avec une violence qui parut sans doute incompréhensible, à détruire les temples, les images et jusqu'aux noms des dieux objets de ces croyances. Il avait prescrit aux artistes l'emploi d'un style étrange, expressif à l'extrême, qu'on peut aujourd'hui juger soit fort beau soit fort laid, mais qu'aucune tradition n'avait précédé, et dont le caractère révolutionnaire ne dut pas manquer de heurter le goût bien établi des Égyptiens pour un art plus classique. Enfin, avec ce que cela suppose de contrainte — et de police, chargée de l'exercer —, il avait imposé un culte sans nuances de sa propre personne, prétendant abolir ce recours personnel à la divinité qui était sans doute, pour la plupart de ses contemporains, l'une des raisons de croire.

Pour tous ces motifs, ses propres sujets, dans leur immense majorité, considérèrent Akhenaton non comme le prophète au message exaltant qu'on se plaît parfois à imaginer aujourd'hui, inspirant un respect, un attachement et un dévouement sans bornes, mais comme un despote psychopathe, sacrilège et iconoclaste[124].

Sous Ramsès II, trois quarts de siècles après le règne d'Akhenaton, lors même qu'on achevait d'en détruire toute trace matérielle (les ruines d'Amarna devaient être alors dépouillées de tous leurs éléments en pierre pour servir à l'agrandissement des temples d'Hermopolis[125]), on ne se souviendrait plus de lui que comme de « ce criminel d'Akhetaton[126] ». À la même période, tout en évitant de le nommer, certains hymnes à Amon célébreraient encore, avec des accents qui ne trompent pas, sa défaite devant le dieu de Karnak : « le criminel a été repoussé de Thèbes[127] ! » « Malheur à celui qui t'attaque ! Ta ville [Thèbes] tient bon, mais celui qui t'a attaqué est tombé[128] ! » « La lumière de celui qui t'a méconnu s'en est allée, Amon, mais la (clarté de) (?) celui qui est avec toi se lève dans le parvis[129] ! ». Confondant dans une même réprobation le roi et ses trois successeurs immédiats, comme déjà l'avait fait Horemheb, on attribuerait alors à celui-ci, artisan principal du retour à la tradition, et fondateur de fait de la XIXe dynastie, un règne de cinquante-neuf années, débutant à la mort d'Amenhotep III[130].

S'il ne subsistait dès lors plus aucun vestige visible du règne d'Akhenaton, des traces intellectuelles devaient en subsister, inconscientes, dans les croyances et les pratiques religieuses, jusqu'à la fin de la civilisation égyptienne. Selon Jan Assmann, en effet, la religion d'Aton, par l'intolérance et l'aspect répressif de sa mise en œuvre, provoqua de manière négative, à la fin de la XVIIIe dynastie, le succès des conceptions théologiques dont elle était issue, mais qu'elle avait en partie rejetées, ainsi que l'avènement d'une nouvelle forme de piété à l'échelle du peuple entier[131].

Jusqu'à la disparition de la civilisation pharaonique, on conçut désormais Amon-Rê comme un dieu transcendant, dont tous les autres dieux et les éléments du cosmos étaient des manifestations ; un « roi des dieux » tout-puissant, dictant le cours de l'histoire et le destin de chaque individu, punissant le pécheur, rétribuant le juste, mais qu'on pouvait prier et dont on pouvait espérer le pardon. Un dieu en somme en qui se conjuguaient non seulement l'idée qu'Akhenaton s'était formée d'Aton, mais tout ce qui avait sous son règne, moins les faiblesses humaines, manifesté sa propre conception de la majesté et des prérogatives royales.

Les hymnes à Aton

Le texte original du Grand hymne (du moins, ce qu'il en subsiste) est gravé en 13 colonnes sur l'embrasure ouest de la porte de la tombe du « père divin » Ay à Amarna (n° 25) [fig. 26]. Il fut copié par U. Bouriant à la fin du siècle dernier (*Mémoires de la Mission archéologique française en Égypte* I, Le Caire, 1884, p. 2 ; U. Bouriant, G. Legrain et G. Jéquier, *Monuments pour servir à l'étude du culte d'Atonou en Égypte* I, Le Caire, 1903, p. 29 *sq.*, pl. XVI et XVII), avant d'être partiellement détruit en 1890. La copie de Bouriant est incluse dans la publication définitive de Davies, *El Amarna* VI, pl. XXVII (photo pl. XLI ; description, traduction et commentaire p. 18-19 et 29-31). Une édition commode en figure dans *BiAe* VIII, p. 93-96, n° CXIII. D'innombrables traductions en ont été publiées (orientation bibliographique dans Schlögl, *Echnaton*, p. 45-46). Nous renvoyons à la sélection suivante : Aldred,

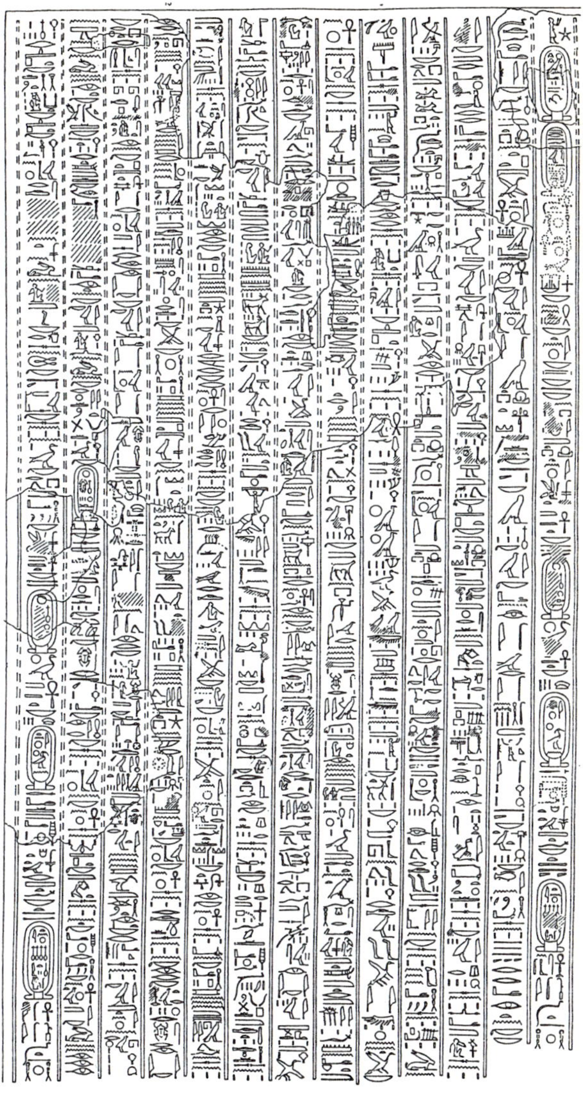

Fig. 26. Le Grand hymne à Aton *(tombe d'Ay).*

Fig. 27. Le Petit hymne à Aton *(tombe de Méryrê I).*

Akhenaten, p. 241-243 ; Assmann, *ÄHG*, p. 215-221, n° 92 (notes p. 557-558 ; pour une étude particulière, *cf. id.*, *RuA*, p. 133-143) ; F. Daumas, *La Civilisation de l'Égypte pharaonique* (collection « Les Grandes civilisations »), Paris, Arthaud, 1987, p. 289-292 ; E. Hornung, *Gesänge vom Nil, Dichtung am Hof der Pharaonen*, Zurich et Munich, 1990, p. 137-141, reproduit dans Schlögl, *Echnaton*, p. 112-116 ; C. Lalouette, *Textes sacrés et textes profanes de l'ancienne Égypte*, II — *Mythes, contes et poésies* (« collection Unesco d'œuvres représentatives, série Égypte ancienne »), Paris, Gallimard, 1987, p. 126-129 ; M. Lichtheim, *Ancient Egyptian Literature* II, Berkeley, Los Angeles et Londres, University of California Press, 1976, p. 96-100. Quelques passages de l'hymne ont été rapprochés du Psaume 104 ; *cf.* Schlögl, *Echnaton*, p. 46 ; Assmann, ÄHG, p. 558 (n° 92), *in fine* ; P. Auffret, *Hymnes d'Égypte et d'Israël*, Études de structure littéraire (*Orbis biblicus et orientalis* 34), Fribourg et Göttingen, 1981.

Contrairement au Grand hymne, qui n'est connu que par une version, le Petit hymne à Aton est connu par cinq versions, gravées à Amarna dans les tombes suivantes (chaque version peut figurer, dans une même tombe, sous plusieurs copies) : n° 4 — Méryrê I (intérieur de la porte, paroi est ; Davies, *El-Amarna* I, pl. IV et XXXVII, p. 50-52 [fig. 27]) ; n° 8 — Toutou (intérieur de la porte, paroi nord, registre inférieur ; *ibid.* VI, pl. XVI et XXXV, p. 10 [fig. 28]) ; n° 9 — Mahou (quatre copies ; A et C : parois nord et sud de la porte ; B et D : textes gravés sous forme de stèles sur les parois nord et sud de la salle principale ; *ibid.* IV, pl. XVI, XXIX, XXXII, XL, p. 12-13 et 28) ; n° 10 — Apy (deux copies, sur les murs est et ouest de l'entrée [celle de l'ouest est pratiquement détruite] ; *ibid.* IV, pl. XLIII, p. 20) ; n° 23 — Any (intérieur de la porte, paroi ouest ; *ibid.* V, p. 7). Les textes ont été publiés en édi-

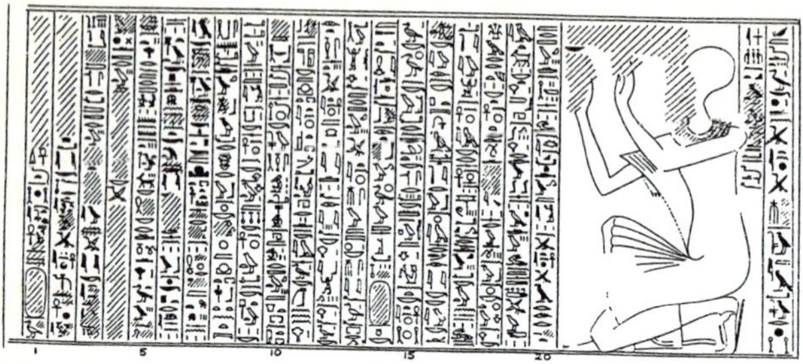

Fig. 28. Le Petit hymne à Aton *(tombe de Toutou).*

tion synoptique par Davies, *El-Amarna* IV, pl. XXXII-XXXIII (traduction et commentaires p. 27-29), et dans *BiAe* VIII, p. 10-15, n° VIII. Nous suivrons la version de la tombe d'Apy, paroi est, complétée à la fin par celle de la tombe de Toutou, tout en indiquant en commentaire les principales variantes textuelles des autres versions. Quelques traductions : Assmann, *ÄHG*, p. 213-215, n° 91 (notes p. 557) ; M. Lichtheim, *Ancient Egyptian Literature* II, Berkeley, Los Angeles et Londres, University of California Press, 1976, p. 90-92 ; Schlögl, *Echnaton*, p. 116-118.

Le Grand et le Petit hymne à Aton étant gravés dans des tombes d'Amarna et employant, pour désigner Aton, la première forme de son « nom didactique » (*cf. supra*, p. 15 *sq.*), on peut déterminer qu'ils furent composés entre l'an 5 et l'an 9 d'Akhenaton, c'est-à-dire entre la fondation d'Akhetaton et l'introduction de la seconde forme de ce « nom didactique ». Il semble vraisemblable que leur auteur ait été le roi en personne. Au contraire du Petit hymne, présent dans cinq tombes d'Amarna, le Grand hymne figure dans la seule tombe d'Ay, beau-père probable du roi, et qui fut aussi son secrétaire (si l'on en croit l'un de ses nombreux titres). Ce lien de parenté et cette fonction pourraient expliquer qu'il pût connaître et reproduire dans sa seule tombe ce texte particulier.

On peut supposer que les hymnes à Aton d'Akhenaton constituaient des textes liturgiques, destinés à être récités ou psalmodiés lors du culte dans les temples d'Amarna. Il est évident qu'ils possédaient une structure formelle (une métrique) analogue à celle de notre poésie ; en d'autres termes, qu'ils étaient rédigés en ce que l'on peut appeler des « vers ». La reconstitution des règles de la métrique égyptienne est actuellement sujet d'un débat entre les tenants de diverses théories. S'il semble établi qu'elle reposait sur le décompte par vers d'unités accentuelles, c'est-à-dire de mots ou de groupes de mots recevant chacun un seul accent d'intensité, et par le groupement élémentaire de ces vers en distiques, entrant à leur tour dans des groupements plus importants ; passé cette constatation, diverses opinions s'opposent. Les théories de G. Fecht, malgré leur valeur pionnière, semblent aujourd'hui dépassées et en voie d'abandon[132]. Celles de J.L. Foster et de M. Lichtheim ne permettent guère d'aller au-delà de ce qu'une lecture attentive des textes permet de déduire[133]. Plus prometteuses, les études récentes de B. Mathieu ont permis de mettre en évidence l'existence, dans certains textes, d'un type de groupement par distiques de sept unités accentuelles, associant un vers de quatre unités et un vers de trois unités[134]. De tels « distiques heptamétriques » (pour reprendre l'expression de B. Mathieu) figurent en de nombreux points des hymnes à Aton, mais leur emploi ne rend pas compte de l'intégralité de leur versification. Celle-ci recourt tout autant, lorsque besoin est, à des ensembles soit plus importants soit au contraire plus restreints d'unités accentuelles. Du fait de cette absence de régularité (et des incertitudes posées par le sens de certains passages), le découpage en vers que nous proposons n'est qu'une hypothèse, en regard de laquelle d'autres seraient tout aussi valables.

D'après le contenu des hymnes eux-mêmes, il semble possible d'obtenir, sans trop solliciter leur texte, un ensemble de 120 vers pour le Grand hymne (le titre étant exclu) et de 60, soit la moitié, pour le Petit hymne. Ces chiffres, s'il sont correctement restitués, possèdent, dans le cadre de la théologie solaire, une portée symbolique évidente, puisque 120 correspond au nombre des jours d'une saison égyptienne (3 mois de trente jours), soit le tiers de ceux de l'année religieuse de 360 jours. Les 120 vers du Grand hymne se répartissent apparemment, de surcroît, en 10 strophes de 12 vers, groupés en 3 quatrains. Ce nombre de strophes pourrait se rapporter aux 10 jours des décades qui tenaient lieu de semaine aux anciens Égyptiens. Quant au chiffre 12, on peut le rapprocher de celui des mois d'une année ou de celui des heures d'une journée. Il est à noter d'ailleurs que le texte original du Grand hymne est groupé en 12 colonnes (plus une colonne pour le titre). Le Petit hymne, du point de vue formel, semble pour l'essentiel une réduction par moitié du Grand hymne : 60 vers au lieu de 120 ; 5 strophes au lieu de 10. Seule différence notable : si chacune de ses strophes comporte 12 vers, ils semblent ici groupés en 2 sixains au lieu de 3 quatrains.

Malgré de nombreuses différences de détail, les deux hymnes traitent, successivement, de deux thèmes prédominants : le cycle quotidien du Soleil (strophes I-V du Grand hymne, I-III du Petit) [135], et la Révélation du dieu à son « fils » Akhenaton (strophes VI-X du Grand hymne, IV-V du Petit). Leur contenu développe la théologie d'Aton telle que la quintessence en est exprimée dans les « noms didactiques » du dieu, ou, pour mieux dire, énonce de manière développée la manière dont un croyant tel qu'Akhenaton la voyait s'appliquer au monde et à la société. On peut le résumer ainsi :

Grand hymne — Le cycle quotidien. I : Le lever d'Aton emplit l'Univers entier de lumière et le subjugue au pouvoir du roi ; sa transcendance est formulée par le paradoxe de son éloignement de la terre par sa position au ciel et de sa proximité par ses rayons. II : Après le coucher du Soleil, dont le devenir nocturne est inconnu, la terre est comme morte et les animaux malfaisants rôdent dans les ténèbres. III-V : Au matin suivant, redevenue habitable, la terre est en fête ; les créatures célèbrent leur créateur par leurs activités ; ses rayons vivifiants provoquent la naissance des êtres encore en gestation, et l'air qu'il dispense les fait vivre.

La Révélation. VI-VIII : Tout est créé par Aton et reçoit de lui moyens de vie et durée d'existence ; l'Univers entier procède de lui, qui a pris soin de distinguer les peuples en langage et en apparence ; pour faire vivre ses créatures, Aton provoque la crue du Nil en Égypte et une « crue dans le ciel » (la pluie) dans les terres étrangères ; il fait vivre les plantes et crée les saisons ; il a créé le ciel pour y briller et contempler sa création dont les divers éléments, jusqu'à ceux du paysage sont ses émanations. IX-X : L'action bienfaisante d'Aton, dont le roi, fils du dieu, est le prophète et le bénéficiaire, impose un culte qui est une action de grâce ; on vit en effet quand il brille et l'on meurt quand il se couche.

Petit hymne — Le cycle quotidien. I : À l'aube, les rayons d'Aton, créateur incréé, emplissent la terre, animent les êtres et manifestent la souveraineté du dieu. II : Si la lumière d'Aton fait vivre les êtres, son coucher les plonge, et la terre avec eux, dans un état voisin de la mort. III : Son lever au matin suivant suscite de nouveau la vie et provoque le culte dans le temple d'Akhetaton, centre de l'univers.

La Révélation. IV : Le Soleil chaque jour façonne le roi à son image ; celui-ci seul connaît le dieu, image de l'éternité, créateur du ciel d'où il contemple la création, son œuvre exclusive. V : Par ses rayons, tout ce qui vit procède de lui, hommes, plantes et animaux, lesquels, par leur comportement le louent en action de grâce.

On remarquera évidemment le contraste marqué opposant le tableau plutôt sombre que nous avons dressé, sur le plan politique, du règne d'Akhenaton et le charme indéniable qui se dégage de ces hymnes, d'une inspiration élevée et d'une facture remarquable. Pour frappant qu'il soit, ce contraste ne doit pas surprendre. Est-il une seule période de l'histoire où des hommes n'aient opprimé d'autres hommes au nom d'idées aussi sublimes ou aussi séduisantes que la religion d'Aton ? Il suffit que de telles idées forment le credo officiel d'un pouvoir de type autoritaire tout en ne rencontrant pas l'adhésion de la majorité du peuple qu'il gouverne pour que ce pouvoir — il y va de sa survie — recoure au contrôle et à la contrainte policières.

Pour essayer de rendre sensible au lecteur la mise en forme poétique des Hymnes à Aton par le seul moyen dont nous disposions dans notre langue, nous nous sommes efforcés de traduire chaque vers égyptien par un vers français classique (en ignorant naturellement la rime). La numérotation des vers figure en marge de la traduction ; les indications de numéro de colonne figurant dans le texte (« col. x ») se réfèrent à la disposition des textes originaux dans les tombes où ils sont gravés. Le commentaire textuel est rejeté en fin d'ouvrage ; nous y donnons en particulier la translittération des textes hiéroglyphiques, qui permet de se former une idée de leur prononciation.

Notes

(abréviations bibliographiques, p. 161-162)

1.- Pour une bibliographie complète (non critique) de la période, comprenant 2 013 items, *cf.* G.T. Martin, *A Bibliography of the Amarna Period and its Aftermath. The Reigns of Akhenaten, Semenkhare Tutankhamun and Ay (c. 1350-1321 BC)*, Londres, 1991. Pour un état de la question, formant également une bibliographie critique, *cf.* Schlögl, *Echnaton.* Édition hiéroglyphique commode de la quasi-totalité des textes de la période : *BiAe* VIII. Les deux principales monographies du règne sont Aldred, *Akhenaten* et Redford, *Akhenaten. Cf.* aussi *LÄ* I, col. 210-219, s. v. Amenophis IV. (St. Wenig). Les dates citées sont celles de J. Von Beckerath, *Handbuch der ägyptischen Königsnamen* (*Münchner ägyptologische Studien* 20), Munich et Berlin, 1984 ; *cf.* la Chronologie sommaire donnée ici en appendice. L'usage est aujourd'hui de préférer « Amenhotep » comme transcription du nom des pharaons désignés traditionnellement sous celui d'« Aménophis », qui résulte d'une confusion onomastique chez les compilateurs de Manéthon. La transcription scientifique la plus exacte de ce nom devrait être d'ailleurs « Amenhotpé ».

2.- Pour le règne d'Amenhotep III, le catalogue de l'exposition *Aménophis III, Le Pharaon-Soleil*, Paris, Réunion des Musées nationaux, 1993, vaut une monographie (*cf.* aussi Aldred, *Akhenaten*, p. 146 *sq.* ; Redford, *Akhenaten*, p. 34 *sq.* ; Schlögl, *Echnaton*, p. 1 *sq.*). Nous excluons l'hypothèse d'une corégence de douze ans entre Amenhotep III et Akhenaton, soutenue, notamment, par C. Aldred, *Akhenaten*, p. 169 *sq.*, mais dont il n'existe aucune preuve solide (*cf.* Schlögl, *Echnaton*, p. 14 *sq.*, et un état de la question déjà ancien, mais qui montre la surabondance bibliographique suscitée par cette question, malgré la quasi-vacuité des faits, dans E. Drioton et J. Vandier, *L'Égypte, Des origines à la conquête d'Alexandre*, 5e éd., Paris, 1975, p. 384-386 et 658-661).

3.- Pour celui-ci, *cf.* A. Dodson, *JEA* 76 (1990), p. 87-96.

4.- Pour la religion d'Aton, *cf.* en général *LÄ* I, col. 526-540, s. v. Aton (J. Assmann) ; col. 541-549, s. v. Atonheiligtümer (J. Assmann) ; Assmann, *RuA*, p. 96 *sq.* ; *id.*, *TuF*, p. 232 *sq.* ; Aldred, *Akhenaten*, p. 237 *sq.* ; Redford, *Akhenaten*, p. 157 *sq.*, 169 *sq.* ; Schlögl, *Echnaton*, p. 46 *sq.*

5.- Depuis au moins Thoutmosis III, il est bien établi que la résidence normale des rois d'Égypte était Memphis et non Thèbes ; *cf.* J. van Dijk, « The Development of the Memphis Necropolis in the Post-Amarna Period », dans A.-P. Zivie (éd.), *Memphis et ses nécropoles au Nouvel Empire*, Paris, Éditions du CNRS, 1988, p. 38. Toutânkhamon y retournerait après le règne d'Amenhotep IV-Akhenaton. Quoique celui-ci eût possédé un palais près de ses monuments de Karnak (voir plus bas), il est possible qu'il n'ait été qu'une résidence occasionnelle pour des séjours à Thèbes. En tout état de cause, il est à peu près certain aujourd'hui que le palais d'Amenhotep III à Malqatta (Thèbes-Ouest), auparavant tenu pour la résidence ordinaire des pharaons de la fin de la XVIIIe dynastie, ne fut en dépit de ses dimensions qu'un palais provisoire, construit pour l'hébergement du roi et de la cour pour la célébration des fêtes sed d'Amenhotep III ; *cf.* Kemp, *Ancient Egypt*, p. 213 *sq.*

6.- Ainsi sur une stèle du Gébel el-Silsiléh, *BiAe* VIII, 143-144 ; *Urk.* IV, 1962. Pour le début du règne, *cf.* Aldred, *Akhenaten*, p. 259 *sq.* ; Redford, *Akhenaten*, p. 57 *sq.* ; Schlögl, *Echnaton*, p. 9 *sq.*

7.- Cf. Schlögl, *Echnaton*, p. 25 *sq.*

8.- Cf. Schlögl, *Echnaton*, p. 37 *sq.*

9.- Bien que nous choisissions conventionnellement de traduire Aton par « Disque solaire », sa figuration canonique laisse apparaître une surface convexe, laissant penser qu'il était conçu comme un globe ; *cf.* par exemple, Assmann, *TuF*, p. 244.

10.- Cf. Aldred, *Akhenaten*, p. 231 *sq.* ; Schlögl, *Echnaton*, p. 64 *sq.*

11.- On suppose que ce mode de représentation servit à figurer le roi sous l'aspect androgyne du démiurge, « père et mère » de la création (*cf.* ce qui est dit d'Aton dans le Petit hymne, v. 14), mais ce n'est qu'une hypothèse.

12.- Le roi tolère encore de recevoir les épithètes d'« aimé d'Amon » sur sa stèle du Gébel el-Silsiléh (*BiAe* VIII, 143-144; *Urk.* IV, 1962), ou d'« aimé de Nekhbet » (déesse d'El-Kâb, ville située à une quarantaine de kilomètres au sud d'Esna), sur celle de Zarnîkh (*BiAe* VIII, 133-134; *Urk.* IV, 1963-1964).

13.- *Cf. ATP* I, p. 76 et pl. 2, 2; II, p. 114 et fig. 12, 17-19.

14.- On constate également que le nom commun *mout*, « mère », écrit jusque-là au moyen du signe d'un vautour , que l'on aurait pu comprendre comme une allusion à la déesse Mout, parèdre d'Amon de Karnak, l'est désormais au moyen de signes alphabétiques. De même pour le nom du principe abstrait de *maât*, « l'ordre établi », jusque-là écrit au moyen du signe d'une déesse . Pour la persécution, en général, *cf.* Assmann, *TuF*, p. 253 *sq.*; Schlögl, *Echnaton*, p. 47-48.

15.- W.C. Hayes, *Journal of Near Eastern Studies* 10, Chicago (1951), p. 172, fig. 27 (KK).

16.- C'est la théorie de C. Aldred, *Akhenaten*, p. 259, contredit sur ce point par D.B. Redford, *Akhenaten*, p. 59.

17.- *Cf. LÄ* I, col. 526, n. 8. Dans les ouvrages en langue anglaise, « Aton » est rendu par *Aten*, et « Akhenaton » par *Akhenaten*. Dans les ouvrages allemands, on trouve, respectivement, *Aton* et *Echnaton*.

18.- À l'époque tardive, le terme peut être appliqué à la Lune, *jtn n(y) j*^{c}*ḥ*, le disque lunaire; *cf.* A. Erman et H. Grapow, *Wörterbuch der ägyptischen Sprache* I, 2e éd., Berlin, 1957, p. 145, 8.

19.- On connaît quelques exemples d'une forme intermédiaire du nom d'Aton, où le nom d'Horus *(Hor)* est écrit de manière phonétique, évitant ainsi de le noter au moyen de la figure d'un faucon; *cf.* J. Samson, *Amarna, City of Akhenaten and Nefertiti*, Warminster, Aris & Phillips, 1978, p. 101-103.

20.- Pour l'explication de ces noms, *cf.* Assmann, *TuF*, p. 245 *sq.* (nous croyons cependant qu'il faut lire « Rê » dans leur seconde forme).

21.- Sur la religion traditionnelle, *cf.* Assmann, *TuF*, première partie, p. 25 *sq.* (images, p. 50 *sq.*; culte, p. 58 *sq.*; mythe, p. 102 *sq.*)

22.- D. B. Redford, *Bulletin of the Egyptological Seminar of New York* 3, New York, 1981, p. 87 *sq.*; *cf.* aussi, *id.*, *Akhenaten*, p. 172-173; C. Aldred, *Akhenaten*, p. 244.
23.- Amenhotep IV avait également fait ériger au moins un obélisque devant le Xe pylône, dont les fragments subsistent; *cf.* P. Barguet, *Le Temple d'Amon-Rê à Karnak, Essai d'exégèse* (*Recherches d'archéologie, de philologie et d'histoire*, 21), Le Caire, 1962, p. 247, n. 2. Le changement de style entre celui du règne d'Amenhotep III et celui propre à Amenhotep IV-Akhenaton est illustré par leur emploi successif dans le décor de la tombe du vizir Ramosé (tombe thébaine n° 55); *cf.* Aldred, *Akhenaten*, p. 89-91.
24.- Quelques rares représentations de l'ancienne forme d'Aton devaient encore figurer dans le décor du *Gempaiten* de Karnak; *cf. ATP* I, p. 67 et pl. 86, 7-9. Sur une *talatate*, il est représenté de cette manière mais avec le corps d'un sphinx, *loc. cit.* et pl. 87, 5.
25.- *Cf.* Assmann, *TuF*, p. 249 *sq.*
26.- Sur ce thème, *cf.* par exemple Assmann, *TuF*, p. 11 *sq.*
27.- Pour la *Weltkammer*, *cf.* Assmann, *TuF*, p. 70 *sq.*; sur le système théologique héliopolitain, *ibid.*, p. 144 *sq.*
28.- Dans le même temps se développait timidement l'amorce d'une réflexion théologique d'ordre « panthéiste », reprise à la XVIIIe dynastie; *cf.* Assmann, *TuF*, p. 21 *sq.*; 192 *sq.*
29.- « *Die allgemeine politische Situation der Zeit bildet den historischen Kontext der "Neuen Sonnen-Theologie", und diese wiederum bildet den spezifischen theologischen Kontext der Amarna-Religion* » («Le contexte politique global de l'époque forme le contexte historique de la "nouvelle théologie solaire", et celle-ci forme réciproquement le contexte spécifique de la religion d'Amarna »), Assmann, *TuF*, p. 240. Pour la « nouvelle théologie solaire » dont il est ici question, *cf.* plus bas.
30.- Pour ce paradoxe, *cf.* par exemple Assmann, *TuF*, p. 19-21.
31.- La conception selon laquelle la nature, l'Univers et le temps étaient des manifestations du divin formait, depuis les origines, un aspect impor-

tant de la conscience religieuse des Égyptiens; *cf.* Assmann, *TuF*, p. 84 *sq.*

32.- *Cf.* Assmann, *RuA*, p. 189 *sq.*; *id.*, *TuF*, p. 258 *sq.*

33.- Pour ce qui suit, *cf.* Assmann, *RuA*, p. 145 *sq.*; *id.*, *TuF*, p. 221 *sq.*

34.- C'est ce que J. Assmann nomme l'« iconographie » (description par icônes) de la course du Soleil; *cf.* Assmann, *RuA*, 54 *sq.*; *id.*, *TuF*, p. 77 *sq.*

35.- *Cf.* J. Assmann, *Der König als Sonnenpriester* (*Abhandlungen des Deutschen archäologischen Instituts* 7), Glückstadt, J.J. Augustin, 1970; *id.*, *RuA*, p. 22 *sq.*

36.- *Cf.* Assmann, *RuA*, p. 96 *sq.*; *id.*, *TuF*, p. 235 *sq.*; l'auteur caractérise les nouvelles descriptions hymniques de la course du Soleil comme une « phénoménologie », s'opposant à l'« iconographie » traditionnelle (*cf.* note 34).

37.- Barucq et Daumas, *Hymnes et prières*, p. 191-201, n° 69; *cf.* Assmann, *RuA*, p. 170 *sq.*

38.- *Urk.* IV, 1943-1949, traduction Barucq et Daumas, *op. cit.*, p. 187-191, n° 68.

39.- La religion d'Amarna ne fit qu'interrompre le cours de la « nouvelle théologie solaire ». Des hymnes d'inspiration identique à ceux du temps d'Amenhotep III devaient être produits après elle, comme le fameux Hymne à Amon de Leyde; *cf.* Barucq et Daumas, *op. cit.*, p. 206 *sq.*, n° 72.

40.- *Cf.* B.J. Kemp, *JEA* 73 (1987), p. 44, et S. Tawfik, *ATP* I, p. 60, n. 38.

41.- Sur ce point, *cf.* Schlögl, *Echnaton*, p. 47.

42.- *Cf.* par exemple Kemp, *Ancient Egypt*, p. 283-285.

43.- *Cf.* en particulier Assmann, *TuF*, p. 251-252.

44.- *Urk.* IV, 1962; *cf.* Aldred, *Akhenaten*, p. 88-89.

45.- Des allusions à ces travaux figurent dans une inscription gravée à Zarnîkh, en face d'Esna, entre le Gébel el-Silsiléh et Louqsor, *BiAe* VIII, 133-134; *Urk.* IV, 1963-1964; *cf.* Aldred, *Akhenaten*, p. 88.

46.- Pour les temples d'Aton à Karnak, *cf.* en général *ATP* I-II; Aldred, *Akhenaten*, p. 69-85, 259 *sq.*; Redford, *Akhenaten*, p. 71 *sq.*; Schlögl, *Echnaton*, p. 18 *sq.* Pour les noms des sanctuaires attestés dans les inscriptions des *talatates*, *cf.* S. Tawfik, *ATP* I, p. 58 *sq.*

47.- EA 27 et *Urk.* IV, 1995; *cf.* Moran, p. 171-176, en particulier p. 176, n. 17. Mention de ce nom dans les sources archéologiques: S. Tawfik, *ATP* I, p. 60, n. 38; pour sa représentation dans les *talatates* de Karnak, *cf.* D.B. Redford, *ATP* I, p. 127 *sq.*

48.- *Urk.* IV, 1942. Pour les prêtres et le personnel d'Aton, *cf.* S. Tawfik, *ATP* I, p. 95 *sq.*

49.- Ce chiffre selon R. Saad, *MDAIK* 22 (1967), p. 64. *Cf.* en général Redford, *Akhenaten*, p. 63 *sq.*

50.- *Cf.* B.V. Bothmer, *The Luxor Museum of Ancient Egyptian Art, Catalogue*, Le Caire, 1979, p. 104 *sq.*

51.- Le mur sud a été fouillé sur une longueur de 40 m. En supposant que le rapport entre la longueur et la largeur du monument ait été régi par la proportion 1 : 3, il aurait mesuré environ 630 m d'est en ouest, soit une superficie beaucoup plus considérable que le temple d'Amon lui-même ! Le gigantisme en superficie des constructions d'Akhenaton est bien connu par l'exemple du grand temple d'Amarna.

52.- *Cf.* Redford, *Akhenaten*, p. 86 *sq.*, 102 *sq.*; état le plus récent de la question: D.B. Redford, « East Karnak and the Sed-Festival of Akhenaten », *Hommages à Jean Leclant* I (*Bibliothèque d'étude* 106/1), Le Caire, 1994, p. 485-492.

53.- On supposait auparavant que ce palais faisait pendant au *Gempaiten*, du côté sud de l'avenue prolongeant l'axe est-ouest du temple d'Amon.

54.- Un édifice secondaire, dit « Tente d'Aton », s'élevait dans les emprises du *Gempaiten*; *cf.* S. Tawfik, *ATP* I, p. 61.

55. Pour ce jubilé, *cf.* Aldred, *Akhenaten*, p. 259 *sq.*; Redford, *Akhenaten*, p. 122 *sq.*; Schlögl, *Echnaton*, p. 17.

56.- Pour le culte traditionnel, la fonction des images divines et l'architecture des temples qui les hébergeaient, *cf.* Assmann, *TuF*, p. 35 *sq.*, 50 *sq.*, 58 *sq.*

57.- On en possède au moins un fragment, dans lequel on croyait reconnaître auparavant Akhenaton, figuré ou travesti en femme, avec toutes les conséquences qu'on peut en imaginer sur l'esprit de certains savants ; *cf.* Redford, *Akhenaten*, p. 102-104.

58.- Elle succédait probablement à une structure analogue construite par la reine.

59.- *Cf.* P. Barguet, *op. cit.*, p. 219 *sq.* et 241 *sq.*

60.- « Musiciens et chanteurs laissent clamer leur joie, dans la large esplanade du Château du *benben*, ton divin sanctuaire au sein d'Akhetaton », Petit hymne, v. 27-29.

61.- *Cf. LÄ* V, col. 888-890 (K. Zibelius-Chen) ; la forme des temples d'Amenhotep IV à Sésébi montre qu'ils étaient consacrés à des cultes traditionnels et que leur construction fut donc probablement ordonnée au tout début du règne. Au Soudan, Amenhotep IV ordonna probablement quelques travaux dans la ville fondée par son père à Kawa et qui reçut le nom de *Gempaiten* ; *cf. LÄ* III, col. 378 (St. Wenig).

62.- W. Helck, *Historisch-Biographische Texte der 2. Zwischenzeit und Neue Texte der 18. Dynastie (Kleine Ägyptische Texte)*, Wiesbaden, Otto Harrassowitz, 1975, p. 139-141 (n° 148).

63.- *Cf.* A.-P. Zivie, *Découverte à Saqqarah, Le Vizir oublié*, Paris, Éditions du Seuil, 1990.

64.- La présence de blocs d'Akhenaton sur d'autres sites (notamment Hermopolis) provient du démantèlement des monuments de Thèbes ou d'Amarna. *Cf.* en général Aldred, *Akhenaten*, p. 86 *sq.* ; Schlögl, *Echnaton*, p. 51-52. Pour Héliopolis, *cf. BiAe* VIII, 157, 7-8.

65.- Le nom d'« (El-) Amarna » ou de « Tell el-Amarna » est une création des voyageurs du XIXe siècle : s'y conjuguent les noms déformés du principal village du site, El-Tîl et celui de la tribu bédouine des Béni Amrân, sédentarisée dans la région ; *cf. LÄ* VI, col. 309.

66.- Texte des stèles, *Urk.* IV, 1965-1990 ; *cf.* Aldred, *Akhenaten*, p. 24 *sq.*

67.- Kemp, *Ancient Egypt*, p. 305 *sq.*

68.- Remarque de C. Aldred, *Akhenaten*, p. 269. L'entrée du ouâdî était approximativement dans l'axe des temples à Aton (*cf.* Kemp, *Ancient*

Egypt, p. 283, qui fait état de cette observation pour le « petit temple »).
69.- *Cf. LÄ* VI (1986), col. 309-319, s. v. Tell el-Amarna (B.J. Kemp); Aldred, *Akhenaten*, p. 52-68; Redford, *Akhenaten*, p. 137 *sq.*; Schlögl, *Echnaton*, p. 30 *sq.*; *The City of Akhenaten*, 3 vol. (*Excavation Memoir of The Egypt Exploration Fund* [plus tard: *Society*] 38, 40, 44), Londres, 1923-1951; Kemp, *Ancient Egypt*, chap. VII, p. 261-317, J. Samson, *Amarna, City of Akhenaten and Nefertiti, Nefertiti as Pharaoh*, Warminster, Aris and Phillips, 1978; rapports de fouilles régulièrement publiés soit dans le *JEA*, soit sous forme de volumes (B.J. Kemp *et al.*, *Amarna Reports* I-, Londres, 1984-).
70.- Plus précisément, elle longe les vestiges isolés d'une rampe, perpendiculaire à son axe, dont on suppose qu'il s'agit des vestiges d'un pont.
71.- *Cf.* C. et F. Traunecker, « Sur la salle dite "du couronnement" à Tell el-Amarna », *Bulletin de la Société d'égyptologie de Genève* 9-10, Genève (1984-1985), p. 285-307.
72.- Les « Lettres d'Amarna » (voir Bibliographie, s. v. EA) sont actuellement au nombre de 382. Seules 350 sont véritablement des lettres (32 tablettes contiennent des textes épiques ou religieux d'origine mésopotamienne, des listes de dieux, des syllabaires et des lexiques, dont une transcription de termes égyptiens en babylonien). Les Lettres EA 1-14 contiennent la correspondance avec la Babylonie; EA 15-16, avec l'Assyrie; EA 17 et 19-30, avec le Mitanni; EA 31-32 avec l'Arzawa (au sud-ouest de l'Asie Mineure); EA 33-40, avec Alashiya (Chypre); EA 41-44, avec le Hatti; enfin, EA 45-350, avec divers princes de Palestine et de Syrie; *cf.* W.L. Moran, p. 17 *sq.*
73.- Pour Kiya, *cf. LÄ.* III, col. 422-424 (W. Helck); Schlögl, *Echnaton*, p. 61; C.N. Reeves, *JEA* 74 (1988), p. 91 *sq.*
74.- Un kilomètre à l'est de ce village, un village plus frustre, aux maisons de pierres sèches, n'a pas encore été fouillé, et sa finalité reste donc inconnue. Pour le village des ouvriers d'Amarna, *cf.* en particulier B.J. Kemp, *JEA* 73 (1987), p. 21-50. La question reste débattue de savoir s'il hébergeait

les ouvriers de Deîr el-Médînéh, transférés à Akhetaton lors de l'établissement de la ville, avant de l'être de nouveau à Thèbes sous le règne d'Horemheb. Quoique fondé au début de la XVIIIe dynastie, Deîr el-Médînéh est peu connu avant ce règne, ce qui ne permet pas de répondre à la question. En tout état de cause, à la différence de Deîr el-Médînéh, le village d'Amarna semble n'avoir hébergé que des travailleurs peu qualifiés, ce qui rend, entre autres considérations, l'hypothèse peu probable.

75.- Pour la publication de ces tombes, *cf.* Davies, *El Amarna*; les textes qui y figurent sont réunis dans *BiAe* VIII ; *cf.* aussi Aldred, *Akhenaten*, p. 22 *sq.* ; Schlögl, *Echnaton*, p. 25 *sq.*

76.- Textes, *BiAe* VIII, 140-143.

77.- Pour Ay, *cf.* *LÄ* I, col. 1211-1212, s. v. Eje [II] (J. von Beckerath) ; Schlögl, *Echnaton*, p. 80 *sq.*

78.- Kemp, *Ancient Egypt*, p. 314-315. Les dignitaires en fonctions loin d'Amarna étaient enterrés dans le cimetière du lieu où ils les exerçaient ; ainsi le vizir de Memphis Âper-El, dont la tombe se trouvait à Saqqâra ; *cf.* A.-P. Zivie, *Découverte à Saqqarah, op. cit.*

79.- *Cf.* Aldred, *Akhenaten*, p. 27 *sq.* ; publication définitive de la tombe : G.T. Martin, *The Royal Tomb at El-Amarna* (*The Rock Tombs of El-Amarna* VII), 2 vol., Londres, 1974-1989.

80.- Pour une preuve archéologique de l'ensevelissement de Néfertiti dans cette tombe, *cf.* Chr. Loeben, *MDAIK* 42 (1986), p. 99-107.

81.- Pour Néfertiti, ses filles et la famille royale en général, *cf.* *LÄ* IV (1982), col. 519-521, s. v. Nofretete (E. Brunner-Traut) ; Aldred, *Akhenaten*, p. 95 *sq.*, 219 *sq.*, 269 *sq.* ; Schlögl, *Echnaton*, p. 61-62

82.- On identifie parfois Kiya à Tadoukhépa, sans preuve décisive.

83.- Pour cette dame, dont le nom peut se lire Moutnédjémet ou Moutbénéret, *cf.* *LÄ* IV, col. 252-253, s. v. Mut-nedjemet (A. Spalinger) ; Schlögl, *Echnaton*, p. 13.

84.- *Cf.* Schlögl, *Echnaton*, p. 61-63, 67 *sq.*

85.- Il figure comme roi, avec Méretaton comme épouse, dans la tombe amarnienne de Méryrê II (*BiAe* VIII, 33, 1). Pour Smenkhkarê, *cf.*

LÄ V (1984), col. 837-841, s. v. Semenchkare (W. Helck) ; Schlögl, *Echnaton*, p. 67 *sq*.

86.- Plus haute date connue : an 3 (*Urk.* IV, 2024, 14-20), dans un texte thébain où il semble avoir abandonné son nom de Smenkhkârê pour celui de « Néfernéférouiten Méry Ouâenrê ». Il aurait eu deux ans de corégence et un an de règne personnel.

87.- Pour Toutânkhamon, *cf. LÄ* VI, col. 812-816, s. v. Tutanchamun (M. Eaton-Krauss) ; Redford, *Akhenaten*, p. 204 *sq.* ; Schlögl, *Echnaton*, p. 74 *sq.*, 85 *sq.*

88.- *Cf.* Aldred, *Akhenaten*, p. 202, et R.G. Harrisson *et al.*, « Kinship of Smenkhkare and Tutankhamen affirmed by serological Micromethod », *Nature*, vol. 224, oct. 25 1969, p. 325-326.

89.- Une mode actuelle y voit la favorite Kiya, dont on ne sait pratiquement rien, ce qui permet toutes les hypothèses.

90.- On en voit pour preuve les (rares) textes où Toutânkhamon nomme Amenhotep III son « père » : des architraves du temple de Louqsor (L.D. Bell, « La parenté de Toutankhamon », *Dossiers histoire et archéologie* n° 101, janvier 1986, p. 47-49) et un lion provenant de Soleb, en Nubie, aujourd'hui au British Museum (*Urk.* IV, 1745-1746). Ces mentions n'ont guère de force démonstrative : dans le premier cas, « père », d'après de bons exemples, peut équivaloir à « ancêtre » (*cf.* Schlögl, *Echnaton*, p. 17) ; dans le second, la désignation se rapporte à Amenhotep III divinisé et considéré par conséquent, comme tout autre dieu d'Égypte, comme le « père » du pharaon régnant.

91.- *Cf.* n. 2.

92.- Stèle d'Amada, *Urk.* IV, 1963 (corr. à la fin de *Urk.* IV, Heft 22).

93.- EA 19, l. 59-70, *cf.* aussi EA 27, l. 19-27.

94.- Elle est figurée dans la tombe amarnienne de Houya (n° 1) ; textes, *BiAe* VIII, p. 36-37.

95.- EA 16.

96.- C. Aldred, *Akhenaten*, p. 289, incrimine la peste, apportée par les commerçants des champs de bataille du Proche-Orient ; ce seraient selon lui les ravages de ce fléau, interprétés par le roi comme une marque de mécontentement d'Aton, qui auraient provoqué la radicalisation de sa religion et la proscription des anciens cultes, qu'on date généralement plus tôt dans le règne.

97.- Pour les tenants d'une corégence entre Amenhotep III et Akhenaton, elle devait saluer l'avènement du second à son règne personnel ; C. Aldred, *Akhenaten*, p. 180-181 ; pour cette cérémonie en général, *cf. ibid.*, p. 279 *sq.*

98.- Sur la politique extérieure d'Akhenaton, *cf.*, en général, Aldred, *Akhenaten*, p. 117 *sq.* ; 183 *sq.* ; Redford, *Akhenaten*, p. 185 *sq.*, 212 *sq.* ; Schlögl, *Echnaton*, p. 53 *sq.* Également P. Garelli, *Le Proche-Orient asiatique, Des origines aux invasions des Peuples de la mer* (Nouvelle Clio 2), Paris, Presses universitaires de France, 1969, chap. VII, p. 160-176, et p. 311-316 ; W. Helck, *Die Beziehungen Ägyptens zu Vorderasien im 3. und 2. Jahrtausend v. Chr.* (*Ägyptologische Abhandlungen* 5), 2e éd., Wiesbaden, Otto Harrassowitz, 1971, p. 168 *sq.*

99.- *Cf.* W.L. Moran, *Les Lettres d'El Amarna* (notre bibliographie, s. v. EA), Introduction, p. 47 *sq.* ; également Aldred, *Akhenaten*, p. 183 *sq.* ; Schlögl, *Echnaton*, p. 55-56.

100.- EA 20 *sq.*

101.- *Cf.* EA 68-95.

102.- EA 41. Cette lettre est adressée à un roi d'Égypte désigné comme « Houreya », nom en lequel on s'accorde généralement à voir une forme fautive de Napkhourouriya, le « prénom » d'Amenhotep IV (égyptien *Nfr-ḫpr.w-R^c*, Néferkhépérourê). D'autres hypothèses ont cependant été avancées quant à son identité; *cf.* T.R. Bryce, *JEA* 76 (1990), p. 97-105, qui préfère quant à lui y voir une forme fautive du « prénom » de Smenkhkarê.

103.- EA 26-29.

104.- D'après les cinq années de guerre mentionnées dans EA 106.

105.- *Cf.* EA 101-138. Les plaintes sempiternelles de Rib-Haddi finirent d'ailleurs par indisposer Akhenaton : « tu es celui qui m'écrit plus que tous les (autres) maires » (EA 124, 35).

106.- *Cf.* EA 156-169, 171. Une lettre envoyée à Aziru par ses ministres lors de son séjour en Égypte : EA 170.

107.- *Cf.* EA 174-176, 363. Pour la datation de ces événements lors du séjour d'Aziru en Égypte, *cf.* EA 170.

108.- Pour une monographie sur la fin de la période amarnienne, *cf.* R. Krauss, *Die Ende der Amarnazeit, Beiträge zur Geschichte und Chronologie des Neuen Reiches* (*Hildesheimer Ägyptologische Beiträge* 7), Hildesheim, 1978. Mais voir le compte rendu (sévère) de cet ouvrage par K.A. Kitchen, *JEA* 71 (1985), *Reviews Supplement*, p. 43-44 ; *cf.* aussi Aldred, *Akhenaten*, p. 291 *sq.* ; Redford, *Akhenaten*, p. 222 *sq.* ; Schlögl, *Echnaton*, p. 62 *sq.*, 67 *sq.*

109.- Ainsi Maya, chef du Trésor de Toutânkhamon, tout en retraçant les étapes de sa carrière de courtisan dans l'autobiographie qui figure dans sa tombe memphite, récemment redécouverte, évite soigneusement de nommer Akhenaton ; *cf.* G.T. Martin, *The Hidden Tombs of Memphis*, Londres, Thames and Hudson, 1991, p. 173.

110.- *Urk.* IV, 2024, 14-20.

111.- Pour Horemheb, *LÄ* II, col. 962-964 (J. von Beckerath) ; Redford, *Akhenaten*, p. 222 *sq.* ; Schlögl, *Echnaton*, p. 80 *sq.* Pour la tombe récemment redécouverte qu'il s'était fait construire à Memphis avant son élévation au trône, *cf.* G.T. Martin, *op. cit.*, chap. 3, p. 35 *sq.* Pour Memphis comme résidence des rois d'Égypte, *cf.* supra n. 5. Après Amarna prend fin la coutume des hauts fonctionnaires de se faire enterrer à Thèbes, près de la Vallée des Rois et de leur souverain. Dès lors, la nécropole qui leur est réservée à Memphis connaît un développement considérable ; *cf.* J. van Dijk, « The Development of the Memphite Necropolis »..., *op. cit.*

112.- Stèle de la restauration, *Urk.* IV, 2025-2032. Sur la restauration, *cf.* en général Redford, *Akhenaten*, p. 222 *sq.* ; Schlögl, *Echnaton*, p. 78-79. Quelques témoignages indiquent une survivance locale, à Thèbes ou à Memphis, de cultes secondaires d'Aton : *Urk.* IV, 2024 ; H.D. Schneider *et al.*, *JEA* 79 (1993), p. 7-8.

113.- *Cf.* G.T. Martin, *op. cit.*, p. 67 *sq.*

114.- *Urk.* IV, 2109, 17.

115.- Pour cet épisode et les événements qui s'en suivirent, *cf.* Schlögl, *Echnaton*, p. 73, et récemment T. R Bryce, *JEA* 76 (1990), p. 97-105. Les sources hittites nomment la reine qui écrivit à Soupilloulіouma « Dahamanzu », transcription phonétique du titre égyptien *ta hémet nésou*, « la femme du roi » ; *cf.* T.R. Bryce, *op. cit.*, p. 98 et n. 12.

116.- Aldred, *Akhenaten*, p. 107-108 et 195 *sq.*

117.- Sa tombe memphite est ornée de reliefs extrêmement réalistes de prisonniers nubiens ; *cf.* G.T. Martin, *op. cit.*, p. 67 *sq.*

118.- *Urk.* IV, 2113 *sq.*

119.- Édit d'Horemheb à Karnak, *Urk.* IV, 2140-2162 ; *cf.* J.-.M. Kruchten, *Le Décret d'Horemheb* (*Université libre de Bruxelles, Faculté de philosophie et lettres*, LXXXII), Bruxelles, 1981.

120.- Sous son règne fut fondée une ville de garnison d'une superficie considérable sur le site d'Avaris, l'ancienne capitale des pharaons hyksôs aux franges orientales du Delta égyptien : la future *Pi-Ramsès*, résidence des souverains des XIXe-XXe dynasties et base principale de leurs opérations militaires en Asie ; *cf.* M. Bietak, *Avaris and Piramesse* (*Proceedings of The British Academy*, vol. 65, 1979), Londres, 1986, p. 268-271.

121.- Pour son enterrement dans la tombe memphite d'Horemheb et la date de son décès, *cf.* G.T. Martin, *op. cit.*, p. 97-98.

122.- Momie dite « Elder Lady B » (Musée du Caire, CG 61 070) ; *cf.* Aldred, *Akhenaten*, p. 105, et J.E. Harris *et al.*, « Mummy of the "Elder Lady" in the Tomb of Amenhotep II : Egyptian Museum Catalog Number 61070 », *Science*, vol. 200, 9 june 1978, p. 1149-1151.

123.- Pour cette reconstitution, *cf.* Aldred, *Akhenaten*, p. 195 *sq.*

124.- Bref aperçu des divers jugements portés sur Akhenaton (du prophète au tyran) dans Aldred, *Akhenaten*, p. 110-114 (point de vue personnel de l'auteur, p. 303 *sq.*) ; pour l'impact intellectuel de la découverte de ses monuments, *cf.* *ibid.*, p. 15 *sq.* Pour la répulsion

suscitée chez les Égyptiens par l'épisode amarnien et les conséquences théologiques de celle-ci (notamment la constitution, sur le modèle d'Akhenaton, de l'image du pêcheur), *cf.* Assmann, *TuF*, p. 259 *sq.*
125.- *Cf.* Aldred, *Akhenaten*, p. 86 *sq.*; Schlögl, *Echnaton*, p. 41.
126.- Inscription du procès de Mosé dans sa tombe de Saqqara, l. S 14 (K.A. Kitchen, *Ramesside Inscriptions, Historical and Biographical* III, Oxford, 1980, 433, 12). À l'époque ramesside, un texte évoque des événements datés de « l'an 9 du rebelle » ; *cf.* Gardiner, *JEA* 24 (1938), 124.
127.- Hymne à Amon du P. Leyde I 350, I, 13, Barucq et Daumas, *op. cit.*, p. 210.
128.- Hymne à Amon de l'Ostracon British Museum 5656a, r° 2-3, Barucq et Daumas, *op. cit.*, p. 230.
129.- Hymne à Amon de l'Ostracon British Museum 5656a, r° 8-9, Barucq et Daumas, *op. cit.*, p. 231.
130.- Inscription du procès de Mosé, l. S 8 (K.A. Kitchen, *op. cit.*, 432, 13).
131.- *Cf.* Assmann, *RuA*, p. 189 *sq.*; *id.*, *TuF*, p. 258 *sq.*. Pour les conséquences du règne d'Akhenaton en général, *cf.* Aldred, *Akhenaten*, p. 291 *sq.*; Redford, *Akhenaten*, p. 222 *sq.*; Schlögl, *Echnaton*, p. 92 *sq.*
132.- *Cf.* (e. g.) G. Fecht, *Literarische Zeugnisse zur « persönlichen Frömmigkeit » in Ägypten* (*Abhandlungen der Heidelberger Akademie der Wissenschaften, Philosophisch-Historische Klasse*, Jahrgang 1961, 1), Heidelberg, 1965, p. 13-38.
133.- *Cf.* (e.g.) J.L. Foster, « Sinuhe : The Ancient Egyptian Genre of Narrative Verse », *Journal of Near Eastern Studies* 39, Chicago (1980), p. 89-117 ; M. Lichtheim, « Have the Principles of Ancient Egyptian Metrics Been Discovered ? », *Journal of the American Research Center in Egypt* 9, New York (1971-1972), p. 103-110. Pour une vue d'ensemble sur ces diverses théories, *cf.* G. Burkard, « Der Formale Aufbau altägyptischer Literaturwerke... », *Studien zur Altägyptischen Kultur* 10, Hambourg (1983), p. 79-118.

134.- B. Mathieu, « Études de métrique égyptienne, I. Le distique heptamétrique dans les chants d'amour », *Revue d'égyptologie* 39, Paris (1988), p. 63-82 ; *id.*, « Études de métrique égyptienne, II. Contraintes métriques et production textuelle dans l'Hymne à la crue du Nil », *Revue d'égyptologie* 41, Paris (1990), p. 127-141.
135.- J. Assmann, *RuA*, p. 133-143, montre que les hymnes à Aton (dans nos strophes I-V du Grand hymne et I-III du Petit hymne) adaptent en fonction de la théologie d'Amarna le schéma des hymnes de la nouvelle théologie solaire (*cf.* p 27 *sq.*) : matin, midi, nuit. Ils remplacent cependant la description du voyage inférieur du Soleil par celle de son absence, puis dépeignent la nouvelle création au matin suivant.

Chronologie sommaire*

XVIIIe dynastie (1550-1291)

(...)	
Hatchepsout	1479-1458
Thoutmosis III	1479-1425
Amenhotep II	1428-1397
Thoutmosis IV	1397-1387
Amenhotep III	1387-1350
Amenhotep IV-Akhenaton	1350-1333
Amenhotep IV	1350-1346
Akhenaton	1346-1333
Smenkhkarê	1333 (?)
Toutânkhamon	1333-1323
Ay	1323-1319
Horemheb	1319-1291

XIXe dynastie (1291-1185)

Ramsès Ier	1291-1289
Séthi Ier	1289-1278
Ramsès II	1279-1212
(...)	

* Pour la source des dates données ici, *cf. supra*, n. 1.

Les hymnes à Aton

V'laî l'soulei qui s'leuve biau,
I'fai raimaiger le' osiau';
Tretous ditoînt en leû' langaige:
S'i' se breuîllait, hô! queû doumaige!

Voilà le Soleil qui se lève bellement,
il fait chanter les oiseaux;
tous disent en leur langage:
s'il se brouillait, oh! quel dommage!

Un chant de laboureur du XVIIIe siècle
en patois bourguignon,
cité par N. Rétif de la Bretonne,
Monsieur Nicolas II, p. 344.

Le grand hymne à Aton

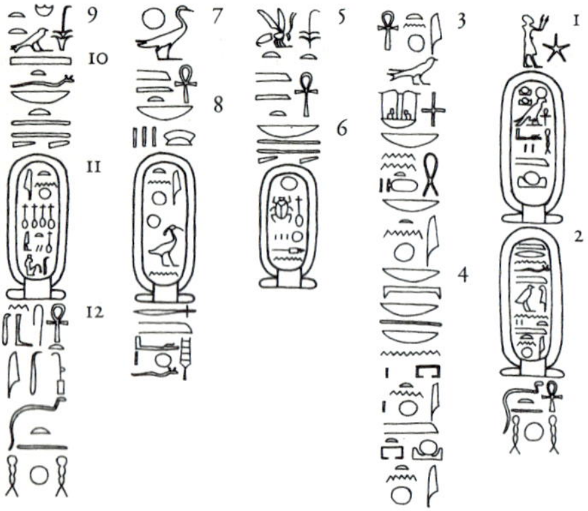
1
2
3
4
5
6
7
8
9
10
11
12

Titre

col. 1 Adoration de Rê-Horakhty qui exulte dans l'horizon,
En son nom de Shou qui est dans le Disque,
[qu'il vive toujours et à jamais !
Le grand Disque vivant qui est en fête sed,
[seigneur de tout ce dont le Disque fait le tour,
Seigneur du ciel et seigneur de la terre,
[seigneur de la Maison d'Aton au sein d'Akhetaton.

(Par) le roi de Haute et Basse-Égypte qui vit de maât,
Le seigneur du Double-Pays, Néferkhépérourê Ouâenrê,
Le fils de Rê qui vit de maât,
Le seigneur des couronnes, Akhenaton
[à la longue existence.

Et (par) la grande épouse du roi,
Sa bien-aimée, la maîtresse du Double-Pays,
Néfernéférouaton Néfertiti,
Qu'elle soit vivante et jeune toujours et à jamais !

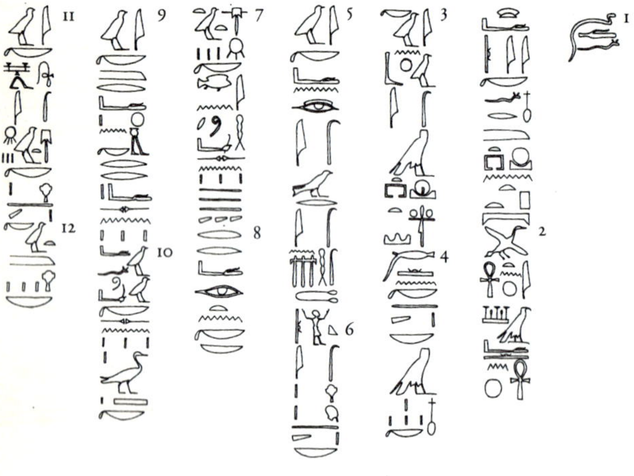

Le Cycle quotidien

I

col. 2 Il dit :
[quand tu poins magnifique à l'horizon du ciel,
Disque vivant, premier à vivre,
Brillant à l'horizon d'Orient,
Toute terre est par toi emplie de ta beauté.

Tu es beau, tu es grand, tu es étincelant,
Loin au-dessus de toute terre ;
Tes rayons ceignent les pays,
Jusqu'aux limites de ce que tu as créé.

col. 3 Comme tu es le Soleil, tu atteins leurs confins,
Les plaçant au pouvoir de ton fils bien-aimé,
Lointain dont les rayons sont pourtant sur la terre,
Et de chaque être humain caressent (?) le visage.

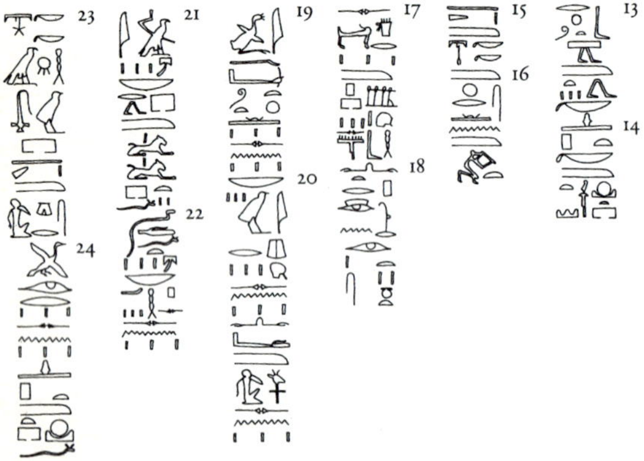
13
14
15
16
17
18
19
20
21
22
23
24

II

Nul ne peut se flatter de connaître ta course,
Quand tu te couches dans l'horizon d'Occident.
La terre se trouve alors plongée dans les ténèbres,
Et se trouve figée dans l'aspect de la mort.

Comme on gît dans le(s) chambre(s), la tête recouverte,
L'œil ne peut plus dès lors apercevoir l'autre œil,
Et jusque sous les têtes, sans qu'ils en soient conscients,
Toutes les possessions des gens sont dérobées.

col. 4 Les fauves un à un ont quitté leur tanière,
Les reptiles, chacun d'eux, s'appliquent à piquer ;
Ténèbres ! Obscurité ! (?) La terre est silencieuse,
Car celui qui les crée est en son horizon.

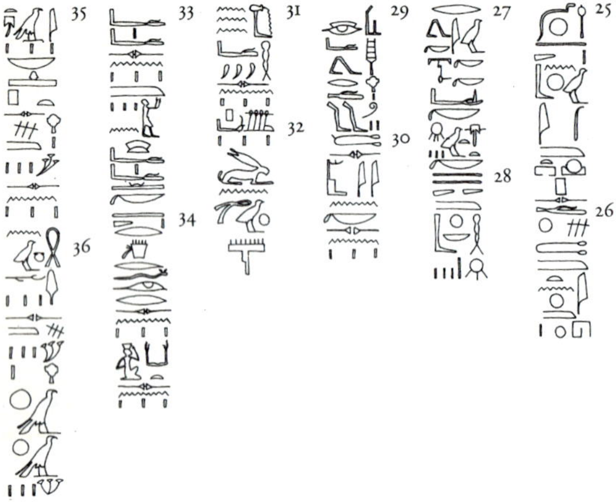
25
26
27
28
29
30
31
32
33
34
35
36

III

Mais dès le point du jour, brillant à l'horizon,
Étincelant Disque du jour nouveau,
Tu chasses les ténèbres, dispenses tes rayons,
Et l'Égypte éclairée chaque jour (?) est en fête.

Maintenant éveillés, debout sur (leurs) deux pieds,
Les gens vers toi se sont dressés,
Et lors le corps lavé,
Saisissent [col. 5] des habits.

Du geste de leurs bras ils saluent ton lever,
Et le pays entier s'emploie à ses travaux;
Chaque bête domestique se trouve à sa pâture,
Arbres et plantes s'épanouissent.

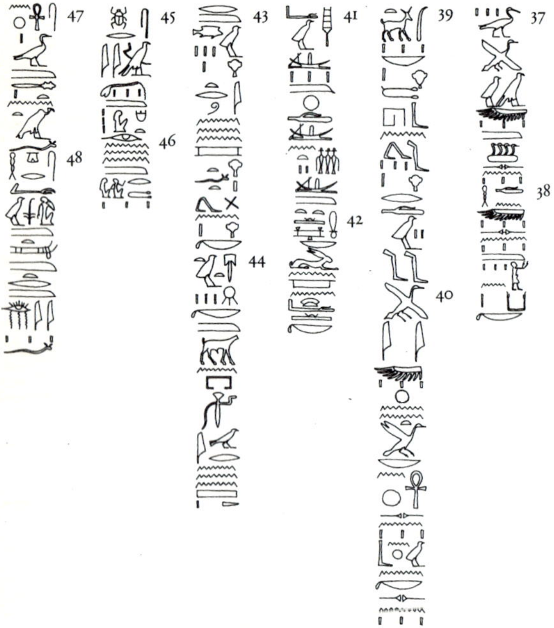
37
38
39
40
41
42
43
44
45
46
47
48

IV

Les oiseaux hors du nid se retrouvent envolés,
Leurs ailes, se mouvant, louant ton apparence ;
Les petits animaux gambadent sur (leurs) pattes,
Tous ceux qui volent [col. 6] vivent car tu brilles pour eux.

Les bateaux font leurs courses en aval en amont,
Les chemins sont ouverts par ton apparition ;
Les poissons dans le fleuve bondissent vers ta face,
Et tes rayons atteignent aux tréfonds de la mer.

Voici que dans les femmes l'embryon est formé,
Voici que dans les hommes est créée la semence,
Et l'enfant animé dans le sein de sa mère,
Apaisé par ce qui lui fait cesser ses pleurs.

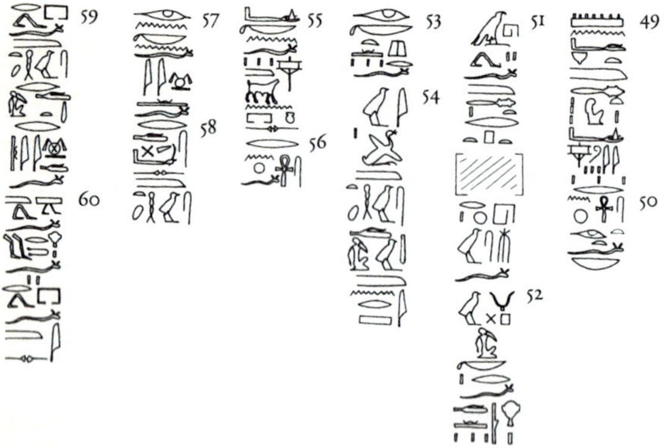

V

Nourrice [col. 7] dans les ventres qui dispenses le souffle,
À seule fin de faire vivre tout ce qu'il veut créer :
Lorsque du ventre il sort afin de respirer,
[au jour de sa venue au monde,
Tu veux alors ouvrir complètement sa bouche.

Ainsi comme tu veux créer son nécessaire,
L'oison encore dans l'œuf, pépiant dans la coquille,
Tu lui donnes le souffle
Afin de l'y faire vivre.

Tu as fixé pour lui une maturité,
Pour briser la coquille étant encore dans l'œuf,
Qu'il sorte pour caqueter complètement formé,
Et aille sur ses pattes dès l'instant qu'il en sort.

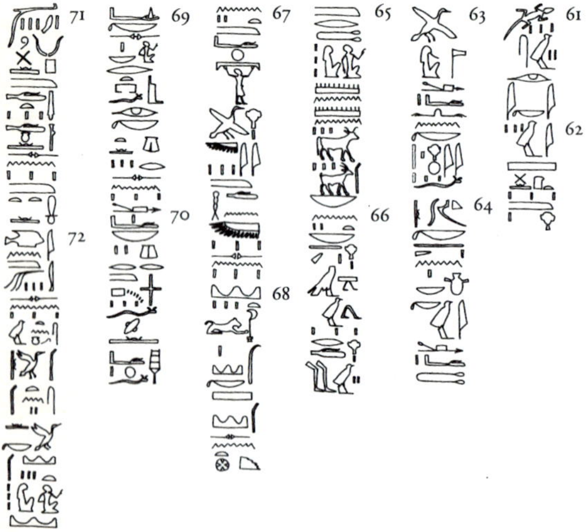
61
62
63
64
65
66
67
68
69
70
71
72

La Révélation

VI

Innombrables tes actes,
Mais cachés au regard!
col. 8 Ô toi ce dieu unique, dont il n'y a pas d'autre,
Solitaire en esprit tu façonnes la terre.

Les humains, le bétail, les petits animaux,
Tout ce qui est sur terre et qui va sur des pattes,
Ce qui est en hauteur et vole de ses ailes,
La Syrie, la Nubie et la terre d'Égypte.

Tu assignes à chacun sa juste position,
[créant pour ses besoins ce qui est nécessaire:
Chacun se voit ainsi pourvu de nourriture,
[et d'un temps d'existence justement mesuré.
col. 9 Leurs langues dans leurs bouches en langage différent,
[et leur apparence de même;
Leur couleur de peau est distincte,
[car tu différencies les peuples étrangers.

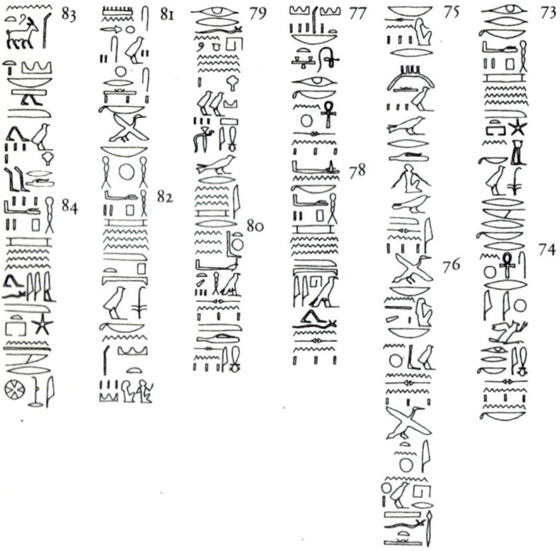
73
74
75
76
77
78
79
80
81
82
83
84

VII

Dans le sein des Enfers, tu provoques une crue,
[l'amenant à ta guise,
Pour faire vivre les gens, car tu les crées pour toi,
Leur maître universel, qui prends peine pour eux,
Seigneur de toute terre, et qui brilles pour eux,
[toi le Disque du jour à l'immense prestige.

Quant aux contrées lointaines, toutes tu les fais vivre,
Ayant fait qu'une crue pour eux des cieux descende,
col. 10 Telle une mer battant les montagnes de vagues,
Pour inonder leurs champs au moment qu'elle y tombe.

Que tes desseins sont harmonieux,
[Ô Seigneur de l'éternité !
Une crue vient du ciel pour les peuples étrangers
Et les bêtes sauvages cheminant sur des pattes ;
Une autre pour l'Égypte surgit hors des Enfers !

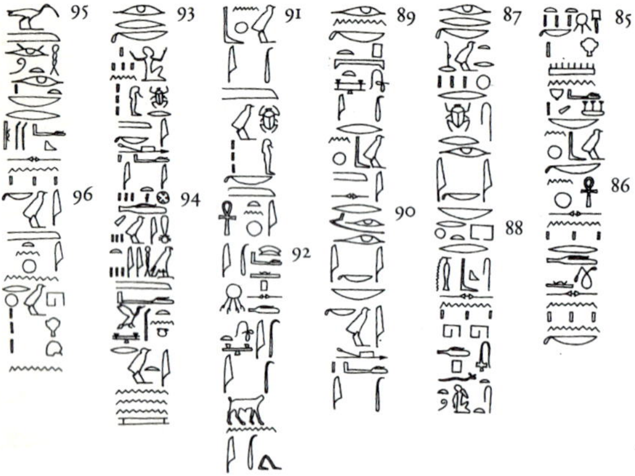
85
86
87
88
89
90
91
92
93
94
95
96

VIII

Tes rayons quand tu brilles nourrissent les campagnes,
De manière qu'elles vivent et prospèrent pour toi.
Pour faire se développer toutes tes créatures,
col. 11 [tu produis (de surcroît) les saisons :
L'hiver qu'elles soient au frais,
[l'été pour qu'elles te goûtent.

Tu as formé le ciel au loin pour y briller,
Afin de contempler ce que toi seul tu crées,
Éclatant en ta forme de Disque vivant,
Apparu rayonnant, loin et proche à la fois.

De toi seul tu produis des myriades de formes,
Cités, villes et champs, le chemin et le fleuve.
Juste en face de lui chaque œil te contemple,
Toi le Disque du jour col. 12 au-dessus de la terre.

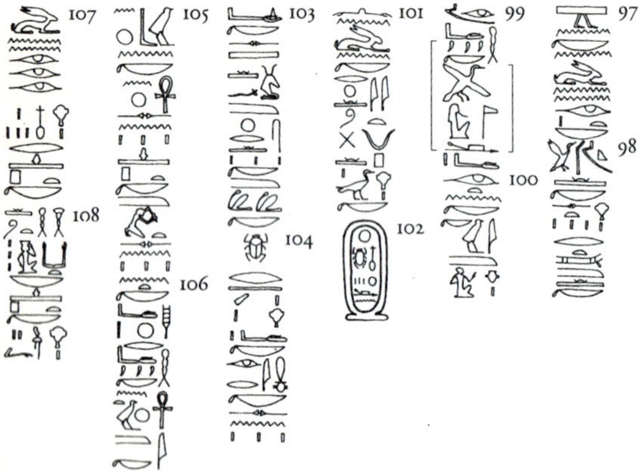
97
98
99
100
101
102
103
104
105
106
107
108

IX

Pour que chaque œil existe tu t'es mis en chemin,
Et jusqu'à ce que tu cesses tu formes leurs visages (?).
Dès qu'on a vu [ton corps], Ô toi, ce [dieu] unique (?),
Il faut agir pour toi, qui demeures en mon cœur.

Nul autre ne te connaît excepté ce tien fils,
Néferkhépérourê Ouâenrê,
Celui que tu instruis de tes intentions
[et de ta puissance :
Par toi seul naît la terre puisque tu crées les gens.

Te lèves-tu qu'ils vivent, te couches-tu qu'ils meurent.
Existence incarnée, c'est de toi que l'on vit,
Et jusqu'à ton coucher, les yeux [col. 13] demeurent fixés
[sur (ta) perfection :
Te couches-tu à l'ouest qu'on cesse toute tâche.

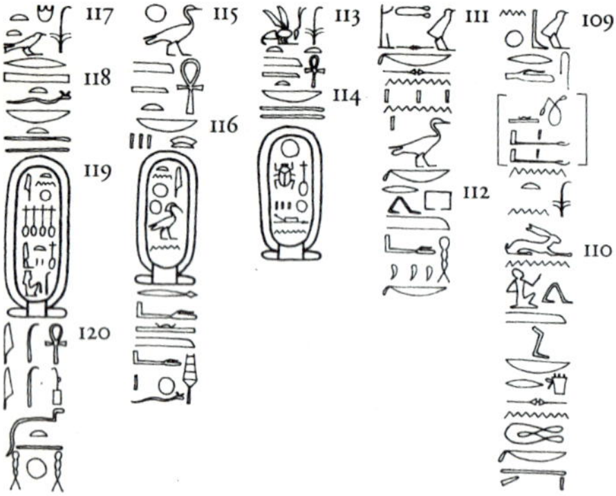
117
118
119
120
115
116
113
114
111
112
109
110

X

(Toi) qui rends pour le roi [les bras ?] fermes
[en brillant ;
Quiconque à pied se meut, comme tu fondas la terre,
Tu le portes pour ton fils,
Rejeton de ton corps :

Le roi de Haute et Basse-Égypte qui vit de maât,
Le seigneur du Double-Pays, Néferkhépérourê Ouâenrê,
Le fils de Rê qui vit de maât,
Le seigneur des couronnes,
[Akhenaton à la longue existence,

Et (pour) la grande épouse du roi,
Sa bien-aimée, la maîtresse du Double-Pays,
Néfernéférouaton Néfertiti,
Qu'elle soit vivante et jeune toujours et à jamais !

Le petit hymne à Aton

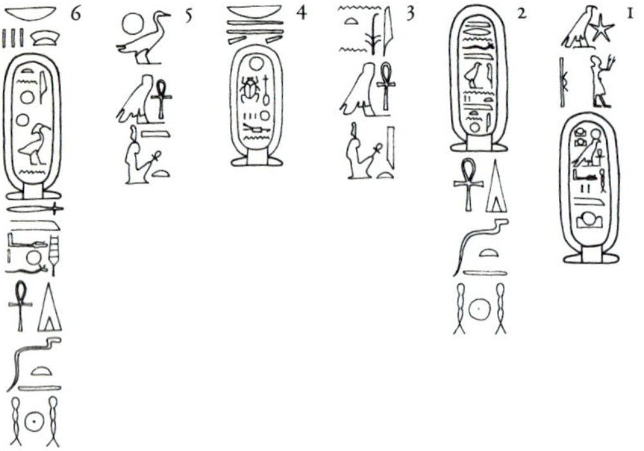
6
5
4
3
2
1

Titre

col. 1 Adoration de Rê-Horakhty qui se réjouit dans l'horizon,
En son nom de Shou qui est dans le Disque,
[doué de vie toujours et à jamais,
Par le roi de Haute et Basse-Égypte qui vit de maât,
Le seigneur du Double-Pays, Néferkhépérourê Ouâenrê,
Le fils de Rê qui vit de maât,
Le seigneur des couronnes, Akhenaton à la longue
[existence, doué de vie toujours et à jamais.

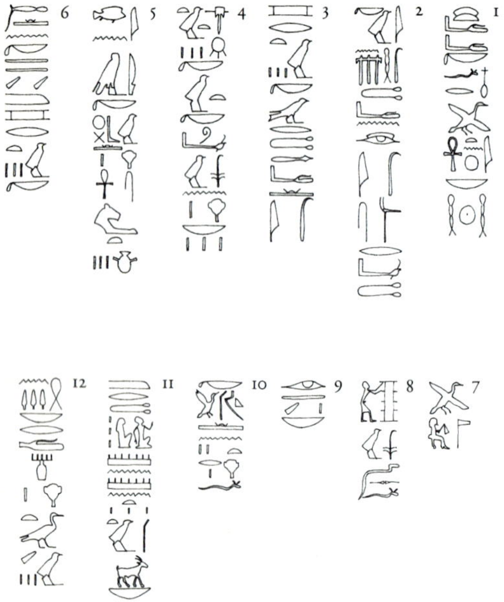

Le Cycle quotidien

I

col. 2 Quand tu poins magnifique, Disque vivant,
[Seigneur d'éternité,
Tu es étincelant, tu es beau et puissant.
L'amour que tu inspires est grand et le premier,
Tes rayons de chacun caressent (?) le visage,
Ta brillante apparence col. 3 fait vivre les poitrines,
Et l'Égypte est par toi emplie de ton amour.

Ô toi ce Dieu auguste
Et qui s'est lui-même formé,
Ô toi qui a créé la terre en son entier,
Et qui a façonné ce qui dessus repose,
Les humains, le bétail et tous les animaux,
Et tous les arbres qui sur le sol prospèrent.

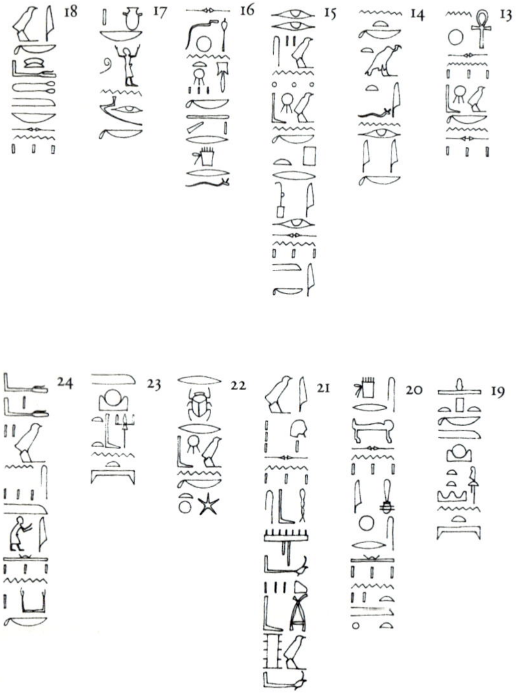
13
14
15
16
17
18
19
20
21
22
23
24

II

Ils ne vivent [col. 4] que lorsque tu brilles pour eux,
Car tu es mère et père de ta création :
Leurs yeux, lorsque tu brilles, par toi seul ont la vue,
Dès que la terre en son entier, par tes rayons,
    [se trouve illuminée.
Et tous les cœurs alors exultent de te voir,
Car tu es apparu en tant que leur seigneur.

Mais quand tu disparais [col. 5] à l'horizon de l'ouest,
Voilà qu'ils sont gisants, à l'image du mort :
Leurs têtes sont couvertes et leurs nez sont bouchés,
Jusqu'à ce que revienne à l'aube ta lumière,
Au sein de l'horizon de l'Orient du ciel,
Et que leurs bras alors saluent ton apparence.

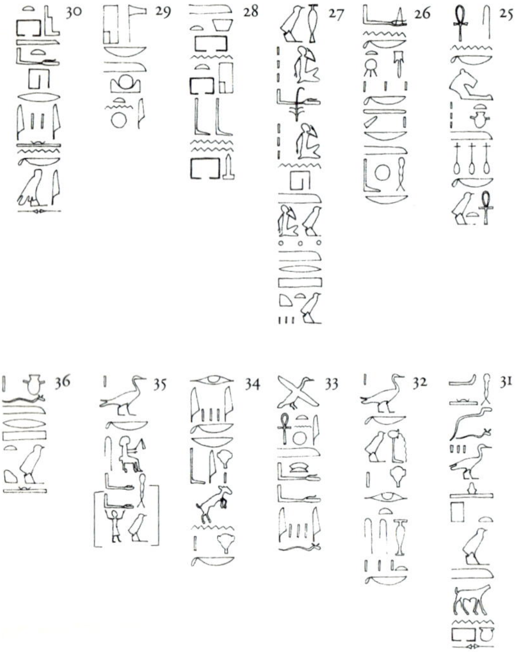

III

[col. 6] À peine les poitrines animées par ta grâce,
[voici que l'on revit,
Tes rayons dispensés, voici la terre en fête :
Musiciens et chanteurs laissent clamer leur joie,
Dans la large esplanade du Château du *benben*,
Ton divin sanctuaire au sein d'Akhetaton,
La place véritable [col. 7] où tu te plais à être.

Nourritures, provisions s'y trouvent déposées,
Ton fils purifié faisant ce que tu loues.
Toi le Disque vivant en ses apparitions,
Toutes tes créations dansent devant ta face,
Et ton auguste fils [col. 8] est en exultation,
Le cœur empli de joie.

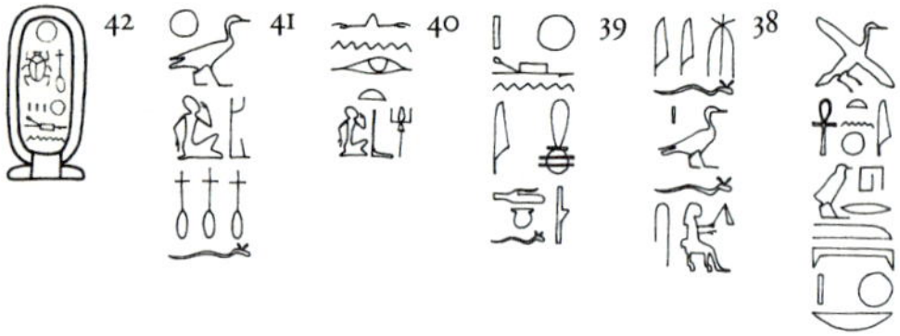
42
41
40
39
38
37

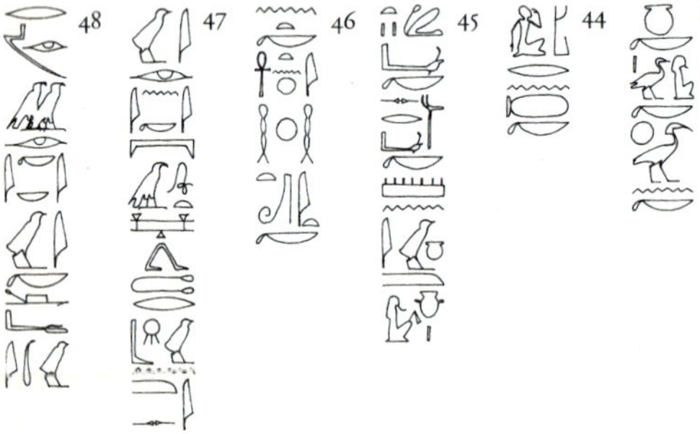
48
47
46
45
44
43

La Révélation

IV

Disque vivant qui se plaît au ciel chaque jour,
Pour enfanter son noble fils,
L'unique (enfant) de Rê, et ce à son image,
Sans un instant de cesse ;
Le fils de Rê et qui sa perfection exalte,
Néferkhépérourê Ouâenrê.

Je suis ton fils ! [col. 9] Celui qui t'est utile,
Et celui qui exalte ton nom !
Ta force et ta puissance sont inscrites en mon cœur,
Car tu es le Disque vivant, l'éternité est ton image ;
Tu as formé le ciel au loin pour y briller,
Afin de contempler ce que toi seul tu crées.

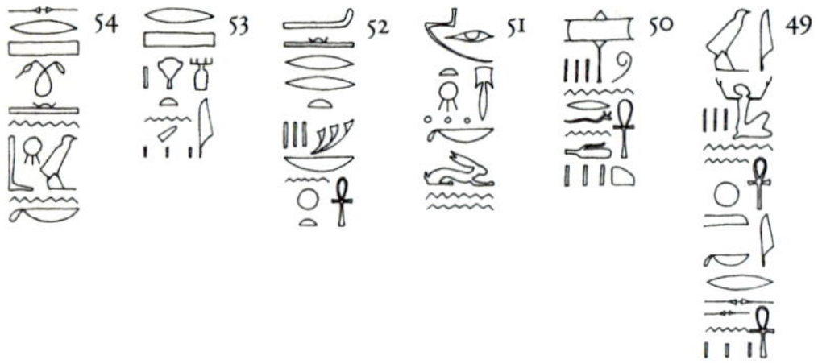
54
53
52
51
50
49

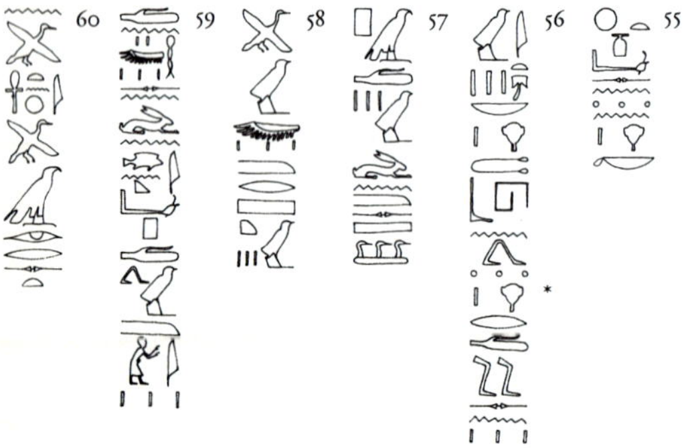
60
59
58
57
56
55
*

V

[col. 10] La vie, en ses millions de formes, possède en toi
[sa source pour animer les êtres :
Le souffle de la vie vers les nez se dirige,
Voir tes rayons c'est être,
Toute fleur est vivante,
Et ce qui pousse sur le sol,
Par ton éclat se voit revigoré.

Comme pris de boisson à contempler ta face,
Lors tous les animaux gambadent // [col. 19] *
[sur leurs pattes ;
Voici que les oiseaux, qui se trouvaient au nid,
Comme mus par la joie [col. 20] se retrouvent envolés,
Et voici que leurs ailes, qui lors étaient fermées,
[se trouvent déployées comme en adoration,
Pour le Disque vivant, pour celui qui les crée.

* Version de Toutou

Commentaire

Pour permettre au lecteur de se former une idée, fût-elle approximative, de la manière dont se prononçaient les hymnes à Aton, nous en donnons ci-dessous la translittération, c'est-à-dire la transcription phonétique de leur texte hiéroglyphique dans un alphabet propre à l'égyptologie comprenant 24 signes[1]: *3, j, ꜥ, w, y, b, p, f, m, n, r, h, ḥ, ḫ, ẖ, s, š, q, k, g, t, ṯ, d* et *ḏ*. Par exemple, 𓇋𓏏𓈖𓇳, le nom d'Aton, se translitère *Jtn*[2] (𓇳, le dernier signe, dit « déterminatif », ne se lit pas ; figurant le Soleil, il ne sert qu'à indiquer au lecteur que les signes 𓇋𓏏𓈖 notent un nom en rapport avec cet astre). Quoique les signes de cet alphabet n'expriment que des consonnes (à l'image de l'arabe ou de l'hébreu, l'écriture égyptienne ne notait pas les voyelles), certains sont prononcés conventionnellement comme des voyelles pour permettre la lecture des textes : *3* et ꜥ comme « a » (le second étant transcrit *â*)[3] ; *j* et *y* comme « i » ; *w* comme « ou ». Parmi les autres, ceux qui sont inconnus à l'alphabet français (*ḥ*, *ḫ*, *ẖ*, *š*, *ṯ* et *ḏ*) se prononcent de la manière suivante : « h » (aspiré) pour h et *ḥ*[4] ; « kh » (la jota espagnole) pour *ḫ* et *ẖ*[5] ; « ch » pour *š* ; « tj » pour *ṯ* ; « dj » pour *ḏ*. Le reste se prononce comme en français (*q* et *k* se prononcent « k »[6]), sans lettre muette (le *t* final, notamment, est toujours prononcé). En lisant la translittération d'un texte, on ajoute de surcroît des « e » entre les signes ou devant les signes qui ne pourraient autrement se lire. Ces « e » sont prononcés, comme en français, « é » en fin de syllabe [-né] ; « è » devant une consonne achevant une syllabe [-èn]. Ainsi *Jtn*, se prononce-t-il « Iten » (« Itèn »), *3ḫ-n-Jtn*, le nom d'Akhenaton, « Akh-en-Iten » (« èn-itèn »), et *3ḫ.t-Jtn*, celui de sa capitale, « Akhet-Iten » (« Akhèt-itèn » ; le « t » final du premier terme se prononce : « Akhette »).

Dans *3ḫ.t-Jtn*, on observe la présence d'un point devant le *t* de *3ḫ.t*. Ce point sert à séparer conventionnellement du corps des substantifs égyptiens leurs désinences de genre et de nombre mais ne modifie pas leur lecture (*.t* marque le féminin singulier, *.w* le masculin pluriel, *.wt* le féminin pluriel). Trois autres signes non phonétiques sont employés en translittération : le trait d'union (-), le tilde (~, toujours devant *n*) et le signe « égale » (=). Le premier sert à joindre les différents éléments des mots composés ; le deuxième signale des formes grammaticales particulières ; le troisième précède deux catégories de pronoms personnels suffixés à des noms ou des formes verbales. Ils ne modifient la lecture qu'en ce qu'on doit marquer une pause avant la prononciation des signes qu'ils précèdent : *3ḫ.t-Jtn* : « Akhet Iten » ; *mḥ~n* : « méh èn » ; *ḫʿy=k* : « khây èk ». Les parenthèses signalent la restitution de phonèmes omis en général dans l'écriture de certains mots ou de certaines formes verbales : *n(y).t* peut se lire « nèt » au lieu de « nit ». Les crochets carrés ([ ]) signalent des lacunes dans le texte original ; les accolades ({ }), des signes superflus.

Voici à titre d'exemple, en regard de leur translittération, la prononciation conventionnelle des premiers vers du Grand hymne :

ḫʿy=k nfr m 3ḫ.t n(y).t p.t,
« khâi èk néfèr èm akhèt nit pèt,

p3 Jtn ʿnḫ, š3ʿ(w) ʿnḫ,
pa Itèn ânkh, chaâou ânkh,

jw=k wbn=tj m 3ḫ.t j3b(y).t,
iou èk oubènti èm akhèt iabit,

mḥ~n=k t3 nb m nfr.w=k.
méh èn èk ta nèb èm néférou èk ».

Le grand hymne à Aton

Titre

col. 1 *Dw3 Rʿ-Ḥr-3ḫty ḥʿy m 3ḫ.t,*
m rn=f m Šw nty m Jtn, ʿnḫ(=w) ḏ.t-nḥḥ !
Jtn ʿnḫ wr jm(y) ḥb-sd, nb šnn(w).t nb(.t) Jtn,
nb p.t nb t3, nb n(y) Pr-Jtn m 3ḫ.t-Jtn.

nsw-bjt(y) ʿnḫ(=w) m m3ʿ.t,
nb T3.wy, Nfr-ḫpr.w-Rʿ Wʿ-n(y)-Rʿ,
s3 Rʿ ʿnḫ(=w) m m3ʿ.t,
nb ḫʿ.w, 3ḫ-n-Jtn ʿ3(=w) m ʿḥʿw=f.

ḥm.t-nsw wr.t,
mr(y).t=f, nb.t T3.wy,
Nfr-nfr.w-Jtn Nfrty-j=tj,
ʿnḫ=t(j), snb=tj, rnp=tj ḏ.t-nḥḥ !

l. 1-4 : Noter la « titulature » d'Aton et l'emploi de la première forme de son « nom didactique » (*cf.* p. 15 *sq*). Par convention, nous rendrons uniformément *Jtn*, « Aton », par *Disque* (pour le sens du terme, *cf.* p. 14 et 80, n. 9).
l. 5-12 : Ces lignes identifient le roi (et accessoirement la reine) comme récitant(s) de l'hymne ; *cf.* titre du Petit hymne, l. 3, où le nom du roi est introduit par la préposition *jn*, *par.* Pour le fondement théologique de l'association de Néfertiti à la prière du roi (réitérée aux v. 119-120), *cf.* p. 30.
l. 12 : Sous le texte de l'hymne, dans le prolongement de la première colonne, se développe en plus petits hiéroglyphes, devant une représentation d'Ay en posture d'orant, la titulature de celui-ci : *ṯ3y-ḫw ḥr wnmy n(y) nsw,(j)m(y)-r(3) ssm.t nb.t n(y) ḥm=f, jmy-jb n(y) nṯr nfr,*

jt-nṯr Jy, le porteur de flabellum à la droite du roi (titre honorifique), *le chef de tous les chevaux de Sa Majesté, le favori du dieu accompli* (= le roi), *le père divin Ay.* L'emplacement et la disposition de cette mention associaient Ay à la récitation de l'hymne.

Le Cycle quotidien

I

col. 2 *ḏd=f:(m) ḫꜥy=k nfr m 3ḫ.t n(y).t p.t,*
p3 Jtn ꜥnḫ, š3ꜥ(w) ꜥnḫ,
jw=k wbn=tj m 3ḫ.t j3b(y).t,
mḥ~n=k t3 nb m nfr.w=k.

jw=k ꜥn=tj, wr=tj, tḥn =ṯ,
q3=tj ḥr-tp t3 nb;
st.wt=k jnḥ=sn t3.w,
r r(3)-ꜥ jr(w).t~n=k nb(.t).

col. 3 *jw=k m rꜥ, jn=k r-r(3)-ꜥ=sn,*
wꜥf=k sn (n) s3(=k) mr(y)=k,
jw=k w3=tj, st.wt=k ḥr t3,
twk(=w) m ḥr [-nb].

v. 1-10 : Un parallèle dans la tombe de Mây, *BiAe* VIII, 59, 7-10, avec *š3(w)* au lieu de *š3ꜥ(w)*, (*cf.* v. 2). Début d'un hymne analogue dans la tombe de Méryrê I, *BiAe* VIII, 7, 10-18.
v. 1 : Même formulation dans le Petit hymne, v. 1, sans *m 3ḫ.t n(y).t p.t.* De *ḫꜥy=k nfr* à *š3ꜥ(w) ꜥnḫ*, proposition circonstancielle en protase introduite par la préposition *m* sous-entendue (la proposition principale, en apodose, débute à *jw=k*) ; la totalité des traducteurs

fait du premier vers une proposition indépendante, ce qui est impossible grammaticalement.

v. 2 : Le Petit hymne, v. 1, ajoute *p3 Jtn* ^{c}*nḫ nb nḥḥ*, *Disque vivant, seigneur d'éternité.* Var. dans d'autres textes avec *š3(w)* ^{c}*nḫ*, *qui a déterminé la vie* (ex. *BiAe* VIII, 100, 7). Assmann, *ÄHG*, p. 558, préfère cette version du fait que la théologie d'Aton présente la création comme un processus continu, sans début ni fin (*cf.* p. 22 *sq.*). Mais l'origine de vie visée ici est peut-être le matin de chaque jour.

v. 3 : Parallèle dans la tombe d'Ay, *BiAe* VIII, 88, 14. Nous rendons uniformément le verbe *wbn* par *briller*; les traducteurs préfèrent généralement *se lever*, mais cette notion est exprimée plutôt dans les hymnes à Aton par *ḫ*^{c}*j*, *litt. poindre* (ainsi *ḫ*^{c}*y=k*, v. 1).

v. 4 : Cf. Petit hymne, v. 6 (avec *mrw.t*, *amour*, au lieu de *nfr.w*, *beauté*). *nfr.w*, *beauté, perfection, grâce*, l'un des termes exprimant dans les hymnes le rayonnement du Soleil, comme *st.wt*, *rayons* (ci-dessous v. 12), ou *mrw.t*, *l'amour (qu'il inspire)*.

v. 5 : Var. Petit hymne, v. 2, *jw=k tjḥn=ṯ* ^{c}*n=tj wsr=tj*. Parallèle partiel dans la tombe d'Ay, *BiAe* VIII, 88, 14.

v. 9 : Noter l'allitération entre *r*^{c}, *le Soleil*, et *r(3)-*^{c}, *limites, confins.*

v. 12 : Cf. Petit hymne, v. 4, *st.wt=k twk(=w) sw n ḥr-nb*. On comprend généralement *tw=k m ḥr [-nb]*, *tu es dans chaque visage* (avec *tw=k*, l'une des façons égyptiennes de dire *tu*), mais il faut plutôt comprendre ici soit une forme d'un verbe *twk*, forme récente de *tk3*, *briller*, soit plus probablement (d'après le déterminatif) une forme du verbe *tkn*, *être proche de* (d'où *caresser*). Dans la lacune, nous préférons restituer *nb*, *chaque*, plutôt que le pronom personnel *=sn* (*ḥr [=sn]*, *leur visage*, c'est-à-dire des humains). La plupart des traducteurs rattachent le premier vers de la strophe suivante au dernier de la présente strophe : *twk(=w) m ḥr [-nb], b(w) rḫ=[t]w šm.wt=k*, *caressant les visages, bien que ta course soit inconnue*, censé formuler un paradoxe exprimant la transcendance d'Aton, de la même manière que le paradoxe associant l'éloignement et la proximité simultanés du dieu au v. 11 ;

cf. Hymne de Souti et Hor, 2 (*Urk.* IV, 1943, 19), *st.wt=k m ḥr, n rḫ=tw=s*, *tes rayons sont dans la face quoique inconnus.* Nous les séparons cependant, non seulement pour des raisons de structure, mais de sens. C'est un fait connu que la théologie d'Amarna, fondée sur l'observation de la réalité visible, se refuse à spéculer sur le trajet nocturne inconnu du Soleil, contrairement à l'ancienne théologie solaire, d'où la valeur du rapprochement avec le premier vers de la strophe suivante. Pour la valeur métaphorique du terme *ḥr*, *visage*, *cf.* commentaire du v. 18.

II

b(w) rḫ=[t]w šm.wt=k,
ḥtp=k m 3ḫ.t jmn(y).t.
t3 m kkw,
m sḫr n(y) m(w) t.

sḏr=w m sšp(.w), tp=w ḥbs(=w),
n ptr~n jr.t sn-nw.t=s,
jṯ3=tw ḫ.t=sn nb,
jw=w ẖr tp.w=sn, n ʿm=sn.

col. 4 *m3j.w nb pr(=w) m rw.ty=f,*
ḏdf.wt nb(.t) psḥ=sn ;
kkw ḥ3tj(?), t3 m sgr,
p3 jrr(w) sn ḥtp(=w) m 3ḫ.t=f.

v. 13 : *Cf.* le commentaire du v. 12.
v. 14-16 : *Cf.* Petit hymne, v. 19-20.
v. 16 : *Cf.* Petit hymne, v. 20, *mj sḫr (ny) nty m(w)t(=w), à la manière de celui qui est mort.*

v. 17-22 : *Cf.* Tombe de Pentou, *BiAe* VIII, 48-15, 49, 1, *nn m3~n jr.t sn-nw.t=s, ḏdf.t nb(.t) ḥr s3t3, sḏr=sn jr.ty=sn (?) šp(=w) r ḫpr psd=k, nhs=sn r m33 nfr.w=k, l'œil ne peut voir l'autre (œil), chaque serpent est sur le sol, ils dorment, l'œil aveugle, jusqu'à ce que revienne ton rayonnement et qu'ils se dressent alors pour contempler ta beauté.*

v. 17 : *Cf.* Petit hymne, v. 20-21. *sḏr=w*, litt. *étant gisants*; ou *sḏr.w m sšp(.w), les dormeurs sont dans le(s) chambre(s). Cf.* aussi Hymne de Souti et Hor, 4-5 (*Urk.* IV, 1944, 9), *šm=k, jmn=tw m ḥr=sn,(quand) tu pars, on se cache le visage.*

v. 18 : L'œil (*jr.t*), qui associe par la vue et la lumière le créateur solaire à ses créatures, désigne par métonymie l'être humain dans le vocabulaire métaphorique de la théologie solaire ; il en va de même du visage (*ḥr*) ; *cf.*, e. g., v. 12.

v. 21-24 : Un passage comparé avec le Psaume 104, 20-22, *tu poses la ténèbre, c'est la nuit, toutes les bêtes des forêts s'y remuent. Les lionceaux rugissent après la proie...* (traduction de *La Bible de Jérusalem*, nouvelle édition, Paris, 1973).

v. 22 : *Cf.* Tombe de Méryrê I, *BiAe* VIII, 7, 13-15, *ḏdf.t nb.t nty m t3, tout serpent qui est dans la terre,* comme élément de la création à côté des hommes et du bétail.

v. 23 : *kkw ḥ3tj ?* Par hypothèse, nous voyons dans  une graphie corrompue du terme  *ḥ3tj, ténèbres, obscurité,* avec  pour  et  pour  . *kkw* et *ḥ3tj(?)* nous semblent simplement coordonnés (peut-être au moyen de *ḥr*, disparu par assimilation avec *ḥ3*), le tout formant le prédicat d'une proposition à prédicat nominal sans sujet exprimé, litt. *ce sont les ténèbres et l'obscurité.* Il y a, sinon, presque autant de traductions que d'auteurs: *tombeau* (Assmann, Hornung, y voyant une graphie de , *ḥ3.t*), *four* (?) (Daumas), *règnent* (?) (Lichtheim, compris comme un verbe), etc.

v. 24 : Litt. *leur créateur est couché dans son horizon*, avec *=sn*, *eux*, une manière usuelle de désigner les gens, les êtres.

III

ḥḏ t3, wbn=tj m 3ḫ.t,
psd=ṯ m Jtn m hrw,
rwj=k kkw, d=k st.wt=k,
T3.wy m ḥb rʿ nb(?), sḥḏ(=w).

rs=w, ʿḥʿ(=w) ḥr rd.wy,
ṯs=y n=k sn,
wʿb(=w) ḥʿ.w=sn,
šsp=w wn col. 5 *ḫ.w.*

ʿ.wy=sn m j3w n ḫʿʿ=k,
t3 r-ḏr=f jr{r}= sn k3.t=sn ;
j3w.t nb(.t) ḥtp(=w) ḥr sm.w=sn,
šn.w sm ḥr 3ḫ3ḫ.

v. 27-28 : *Cf.* tombe de Toutou, *BiAe* VIII, 76, 2-3, *rwj=f kkw, d=f stw.t=f, t3 nb mḥ(=w) m mrw.t=f, il chasse les ténèbres, dispense ses rayons et la terre entière est emplie de l'amour qu'il inspire.*
v. 28 : Après *T3.wy m ḥb*, lire peut-être *rʿ nb*, *chaque jour* (ainsi Assmann, Hornung), d'après *BiAe* VIII, 101, 10. Les derniers signes(ignorés par les traducteurs) sont peut-être à lire *sḥḏ(=w)* (?), d'après *BiAe* VIII, 98, 4, où Aton est dit *sḥḏ(w) T3.wy, qui illumine le Double-Pays*; *cf.* Hymne de Souti et Hor, 12 (*Urk.* IV, 1946, 1), où le Soleil est dit *sḥḏ(w) T3.wy m jtn=f, celui qui illumine le Double-Pays de son disque.*
v. 30 : *ṯs=y n=k sn*, litt. *ils se sont levés pour* (*vers*) *toi*; les traducteurs comprennent généralement *tu les as fait lever*, mais le verbe *ṯsj* signifie *se lever*, et non *lever* (*quelqu'un*), qui serait *sṯsj*. *Cf.* tombe de Toutou, *BiAe* VIII, 76, 7, *ḥr-nb ṯs=w n wbn=k, chaque visage est levé vers ta lumière.*
v. 31-32 : Même formulation dans la tombe de Toutou, *BiAe* VIII, 76, 4, *wʿb(=w) [ḥʿ.w=sn, šs]p=sn wnḫ.w. Cf.* aussi, dans la même

tombe, *BiAe* VIII, 72, 8-9, *ḫ^{cc}=f, w^{c}b=k tw, šsp mnḫ.t, lorsqu'il apparaît, lave-toi et saisis des habits!*

v. 33 : Litt. *leurs bras font l'acte* iaou, acte d'adoration et de salutation, exprimées (avec clameurs de joie) par la posture que reproduit le signe ) ; *cf.* v. 38.

v. 34 : *Cf.* tombe de Toutou, *BiAe* VIII, 76, 5, *k3.t nb(.t) jr{r}=w (?) ḥn.t=sn, chaque métier accomplit* (?) *sa tâche. Cf.* aussi v. 107-108 et Psaume 104, 22-23, *quand se lève le Soleil* [...], *l'homme sort pour son ouvrage, faire son travail jusqu'au soir* (traduction de *La Bible de Jérusalem*, nouvelle édition, Paris, 1973).

v. 35 : Même proposition dans la tombe de Toutou, *BiAe* VIII, 76, 6 (avec *^{c}w.t* au lieu de *j3w.t*). *j3w.t* désigne de manière générale les animaux quadrupèdes comme les bovins, c'est-à-dire probablement d'une taille supérieure, par exemple, aux ovins ou à la plupart des animaux sauvages, pour lesquels il existe un terme spécifique *^{c}w.t, les petits animaux* (*cf.* v. 39), d'où la traduction *bête, animal (domestique).*

v. 36 : *Cf.* tombe de Toutou, *BiAe* VIII, 76, 3, *sm.w šn.w ḥr wnwn.y n ḥr=k, plantes et arbres oscillent vers ton visage.*

IV

3pd.w p3=w m š3=sn,
dnḥ.w=sn m j3w n k3=k ;
^{c}w.t nb(.t) ḥr ṯbhn ḥr rd.wy,
p3y(.t)-ḫnn(w).t nb(.t) col. 6 *^{c}nḫ=sn,*
wbn=k n=sn.

^{c}ḥ^{c}.w m ḫd ḫnty m mjt.t,
w3(.t) nb(.t) wn(=w) n ḫ^{c}=k ;
rm.w ḥr jtr.w ḥr tf.t n ḥr=k,
st.wt=k m-ḫnw W3ḏ-wr.

sḫpr(=w) m3y.w m ḥm.wt,
jr(=w) mw m rmṯ,
sʿnḫ(=w) s3 m ẖ.t n(y.t) mw.t=f,
sgrḥ(=w) sw m tm(w).t rmy=f.

v. 37-38 : *Cf.* Petit hymne, v. 55-60.
v. 38 : Litt. *leurs ailes font l'acte* iaou *pour ton* ka ; *cf.* v. 33. Les ailes des oiseaux, en se ployant pour voler, semblent faire l'acte *iaou. K3*, probablement l'*apparence*, du fait de l'équivalence du terme avec *ḫʿʿ*, *le fait d'apparaître* dans le vers cité.
v. 39 : *ʿw.t, cf.* v. 35.
v. 40 : *p3y(.t)-ḫnn(w).t nb(.t)*, litt. *tout ce qui s'envole et se pose*, cité à côté des humains et du bétail comme élément de la création dans la tombe de Méryrê I, *BiAe* VIII, 7, 10-13.
v. 43 : *Cf.* Tombe de Toutou, *BiAe* VIII, 76, 3-4, *jmy.w mw ḥr ftft n ḫʿʿ=k, ceux qui sont dans l'eau frétillent à ton apparition.*
v. 45-48 : La plupart des traducteurs comprennent *sḫpr(=w)*, *jr(=w)*, *sʿnḫ(=w)* et *sgrḥ(=w)* comme des participes actifs (*sḫprw, jrw, sʿnḫw, sgrḥw*) : *(toi) qui as fait se former…, qui as créé…, as animé…, a apaisé…* ; nous préférons y voir des formes verbales accomplies : *formé est…, créé est…, animé est…, apaisé est…* Au v. 46, nous comprenons *mw*, litt. *eau*, comme une désignation de la semence, *contra* Assmann et Hornung (*toi qui transformes l'eau en êtres humains*). Selon Davies, p. 80, n. 7, l'idée des rayons du Soleil pénétrant les profondeurs de l'océan conduit l'auteur de l'hymne à l'idée de la création dans les fluides humains.

V

mnꜥ.t [col. 7] *m ẖ.wt dyw ṯ3w,*
r sꜥnḫ{.t} jr.t(j)=f nb(.t) :
(m) h3y=f m ẖ.t r tpr(?),(m) hrw-msw=f,
wpw=k r(3)=f ḥr qd.

jr=k ẖr(y).t=f, jw ṯ3
m swḥ.t m(w)dw m jnr,
d=k n=f ṯ3w
m-ẖnw=s r sꜥnḫ=f.

jr~n=k n=f dmḏy=f,
r sd=s m swḥ.t,
pr=f m swḥ.t r m(w)d.t r dmḏy=f,
šm=f ḥr rd.wy=f pr=f jm=s.

v. 50 : *jr.t(j)=f*, participe passif prospectif avec agent.
v. 51 : *h3y=f*, proposition circonstancielle en protase au prospectif. Incertitude de lecture pour la fin du vers. L'interprétation traditionnelle (que nous reprenons) est *r tpr* (ou *tpj*), *pour respirer.*
v. 52 : *wpw=k*, prospectif.
v. 53-54 : *jr=k ẖr(y).t=f*, proposition circonstancielle finale en protase.

La Révélation

VI

ʿš3=w(y) s(n) jry=k,
jw=w št3(=w) m ḥr!
p3 [col. 8] *nṯr wʿ, nn ky ḥr-[ḫw]=f,*
qm3=k t3 n jb=k, jw=k wʿ=ṯ.

m rmṯ mnmn.t ʿw.t nb(.t),
nty nb ḥr t3 šmw ḥr rd.wy,
nty m ʿḫ ḥr p3w m dnḥ.w=sn,
ḫ3s.wt Ḫ3rw, K3š, t3 n(y) Km.t.

d=k s nb r s.t=f, jr=k ẖr(y).t=sn :
wʿ nb ẖry-r wnm=f, ḥsb(=w) ʿḥʿw=f.
ns=w wp=w m md.wt, qd=sn [col. 9] *m-mjt.t ;*
jnm.w=sn sṯn=w, stny=k ḫ3sty.w.

v. 63 : *Cf.* tombe de Méryrê, *BiAe* VIII, 7, 7, *p3 Jtn ʿnḫ, nn ky wpw-ḥr=f, Disque vivant, dont il n'existe pas d'autre à part lui* ; Hymne de Souti et Hor, 3 (*Urk.* IV, 1944, 3), *wʿ ḥr-ḫw=f, seul en son genre*).
v. 64 : Certains auteurs, comme Aldred, rendent *qm3=k* par *tu as créé* (accompli), ce que la forme verbale employée ne semble pas autoriser ; il s'agit ici de la notion de création continue (*cf.* p. 22). *m jb=k, en esprit,* litt. *en ton cœur.*
v. 65-67 : Comparer tombe de Toutou, *BiAe* VIII, 15-16, *ḥr(y).w t3* (?) *ptr(w) stw.t=f, m rmṯ, m j3w.t nb.t, dg3(w) nb ḥr rd.wy=sn, ceux qui sont sur terre (?) et qui contemplent ses rayons : les humains, tout animal domestique et tout ce qui marche sur ses pattes.* Tombe de Méryrê, *BiAe* VIII, 7, 10-13, *rmṯ, ʿw.t, p3y(.t)-ḫnn(w).t, ḏdf.t nb.t nty m t3, les humains, les animaux, ce qui vole et se pose et tout serpent qui est dans le sol.*

v. 68 : Litt. *les contrées étrangères de* Kharou (la Syrie) *et de* Koush (la Nubie) *et la terre de* Kémet (l'Égypte).  par erreur pour  *t3*, *terre.*

VII

jrr=k ḥʿpy m Dw3.t, jn=k sw r mr=k,
r sʿnḫ rḫy[.t], mj jrr=k sn n=k,
nb=sn r-3w, wrd(w) jm=sn, p3 nb n(y) t3 nb,
wbn(w) n=sn, p3 Jtn n(y) hrw, ʿ3 šf.t.

ḫ3s.wt nb(.t) w3=t(j), jr=k ʿnḫ=sn,
d~n=k ḥʿpy m p.t h3y=f n=sn,
col. 10 *jrr=f hnw ḥr ḏw.w mj W3ḏ-wr,*
r tḫb 3ḥ.wt=sn m dmj=sn.

smnḫ=wy sy sḫr=k, p3 nb nḥḥ!
ḥʿpy m p.t jw=k (pour *jw=f) n ḫ3sty.w,*
n ʿ.wt ḫ3s.t nb(.t) šm(w).w ḥr rd.wy;
ḥʿpy jy=f m Dw3.t n T3-Mrj!

v. 73 : Le terme *Dw3.t* désigne l'Au-delà souterrain des Égyptiens.
v. 80 : *dmj* est compris généralement comme le nom signifiant *ville, village* (Assmann, Lichtheim, Davies, Aldred ; Daumas, *territoires*). Nous y voyons plutôt le verbe *dmj*, toucher, atteindre, s'unir à… (*m dmj=sn*, litt. *en les atteignant*). Hornung *was sie brauchen.*
v. 82 :  *sw=k*, erreur manifeste, est corrigé en  *jw=k*, *tu es*, par Davies, suivi par la plupart des traducteurs ; préférer probablement  *jw=k*, *tu viens*, pour , *il vient*, par parallélisme avec le v. 84  *jy=f* (même sens).
v. 83 : *ʿw.t ḫ3s.t nb(.t)*, litt. *tous les petits animaux du désert.*
v. 84 : Litt. *une autre crue vient de la* Douat *pour* Ta-Méri (l'Égypte).

VIII

st.wt=k ḥr mn^{c} š3 nb wbn=k,
^{c}nḫ=sn rwd=sn n=k.
jrr=k tr.w r sḫpr jry=k col. 11 *nb :*
pr.t r sqbḥ=sn, hh dp{.t=st}=f tw.

jr~n=k p.t w3=tj r wbn jm=s,
r m3(3) jry=k nb, jw=k w^{c}=tj,
wbn=tj m ḫprw=k m Jtn-^{c}nḫ,
ḫ^{c}=tj, psd=tj, w3=tj, ẖn=tj.

jrr=k ḥḥ.w n(y) ḫpr.w jm=k w^{c}=tj,
njw.wt, dmj.w, 3ḥy.t, mtnw, jtrw.
gmḥ tw jr.t nb(.t) r ^{c}q(3)=sn,
jw=k m Jtn n(y) hrw ḥr(y)-tp col. 12 *t3.*

v. 85 : *wbn=k, quand tu brilles* est attaché au vers suivant par certains (Hornung, Daumas) : *quand tu brilles, ils vivent…*

v. 90-91 : Hornung attache *jw=k w^{c}=tj* à ce qui suit, *tu es seul quand tu t'es levé* (?).

v. 93 : *ḫpr.w* désigne tout ce que le Soleil crée par « émanations » (*cf.* p. 22). Comparer Petit hymne, v. 49, *jw ḥḥ.w n(y) ^{c}nḫ jm=k, des millions de (formes de) vie sont en toi.* pour dans *w^{c}=tj.*

v. 96 : Litt. *tu es le Disque*, etc. Nous comprenons le *n* du début de la col. 12 comme une graphie erronée de *t3*, *terre*, confusion graphique connue par ailleurs, de même que l'expression *ḥr(y)-tp t3*.

IX

šm~n=k n wnn jr.t nb(.t),
qm3=k ḥr=st r tm=k.
m3(=w) ḥ^{c}[.w=k] [p3-nṯr]-w^{c} (?),
jr=t(w) n=k, jw=k m jb=j.

nn wn ky rḫ(w) tw, wpw-ḥr s3=k,
Nfr-ḫpr.w-R^{c} W^{c}-n(y)-R^{c},
d=k sš3=f m sḫr.w=k m pḥ.ty=k:
ḫpr t3 ḥr-^{c}=k mj jrr=k sn.

(m) wbn=k ^{c}nḫ=sn,(m) ḥtp=k, m(w) t=sn.
ntk ^{c}ḥ^{c}(w) r-ḥ^{c}.w=k, ^{c}nḫ=tw jm=k,
wnn jr.wt [col. 13] *ḥr nfr.w<=k > r ḥtp=k:*
w3ḥ=tw k3.t nb(.t), ḥtp=k ḥr wnmy.

v. 97-100 : Passage difficile, rendu plus difficile encore du fait des lacunes (Lichtheim, Aldred et Davies ne traduisent pas). Trois auteurs (Assmann, Hornung et Daumas) proposent une traduction à peu près similaire (les crochets carrés […] signalent les lacunes du texte original, les crochets obliques <…>, les éléments qui devraient figurer dans le texte pour obtenir les traductions citées) :
– Assmann, *TuF*, p. 253, *lorsque tu es parti* (*šm~n=k*), *il n'existe plus aucun œil dont tu as créé la vue* (litt. *le visage*; *n wnn jr.t nb qm3(w)<~n >=k ḥr=st*), *afin de ne pas devoir seul te contempler toi-même* (*r tm=k m3(3w) <ṯw > (m-)ḥ^{c}.w[=k…] w^{c}<=tj >*), *ainsi que ce que tu as créé* (*jr(w).t <~n >=k*)…[7] ; var. pour la dernière phrase dans *ÄHG*, p. 220, *afin que tu ne doives pas voir (ton) corps (comme) la seule de tes créatures* (*r tm=k m3(3w) ḥ^{c}.w[=k mj] w^{c}(.t) jr(w).t <~n >=k*)[8]… ;
– Hornung, *lorsque tu es parti, l'Œil* (*i.e. du Soleil*; *nb* est ignoré dans

nb) *n'existe (plus) que tu as créé pour eux* (*ḥr=st, à leur intention, à cause d'eux*), *afin que tu ne te contemple pas tout seul et ce que tu as créé*[9]*...*;
– Daumas, *mais parce que tu es parti plus aucun des êtres n'existe que tu crées pour ne point te contempler [uniquement toi-] même. [Bien que] nul [ne te voie]* (*[n m3~n tw] w*^{c} *jr(w).t~n=k* < *nb.t* >) *de ceux que tu as créés...*

Nous comprenons quant à nous le passage de la manière suivante :
– *šm~n=k* (analysé par les traducteurs comme une proposition circonstancielle en protase), forme nominale accomplie formant le sujet du prédicat adverbial *n wnn jr.t nb(.t)* (selon les traductions citées on attendrait *nn wn jr.t nb(.t), il n'existe aucun œil*; pour *nn wn*, *cf.* v. 101), litt. *c'est pour que chaque œil existe que tu es allé*;
– *qm3=k* (analysé par les traducteurs comme un participe passif accompli avec agent, litt. *formé par toi*), forme nominale non accomplie formant similairement, avec son complément d'objet *ḥr=st*, le sujet de *r tm=k*, litt. *c'est jusqu'à ce que tu cesses* (sous-entendu *de te mouvoir*, ou sim.) *que tu façonnes leurs visages*; *tm* est employé ici dans son sens plein *cesser* et non comme verbe auxiliaire négatif avec *m3(3)* comme auxilié, comme le démontre le sens absurde obtenu par cette analyse dans les traductions citées (*cf.* tombe de Panéhésy, *BiAe* VIII, 23, 5, *st.wt=k ḥr jr.t jr.ty n qm3(w)~n=f nb*, *tes rayons crèent les yeux de tout ceux que tu as créés*, et commentaire du Petit hymne, v. 4) ; les deux premiers vers expriment ainsi *mutatis mutandis* la même chose par un parallélisme antinomique, avec un chiasme implicite ;
– *m3(=w) ḥ*^{c}*[.w=k]* accompli en tête d'une proposition circonstancielle en protase dont l'apodose est *jr=t(w)*, plus bas, litt. *quand ç'a été vu, [ton] corps*, ce qui évite d'avoir à restituer *m* ou *r* devant *ḥ*^{c}*[.w=k]* pour obtenir l'expression signifiant *toi-même* (dans la lacune on restitue *ḥ*^{c}*.w=k* selon la disposition du v. 106) ;
– *[p3 nṯr] w*^{c}, *[ce dieu] unique*, restitué sur la foi et selon la disposition de l'expression au v. 63 (les traducteurs préfèrent ignorer la présence de cette lacune) ;

– *jr=t(w)*, prospectif formant le sujet du prédicat adverbial *n=k*, litt. *c'est pour toi qu'on doit agir*, le tout constituant l'apodose de la proposition circonstancielle débutant par *m3(=w)*; les traducteurs comprennent un participe passif accompli avec agent, *jr(w).t~n=k*, *ce qui a été fait par toi.*

En résumé, l'idée développée ici apparaît comme celle, banale dans les textes d'Amarna, de la vie résultant de la présence du Soleil et de son mouvement, et de la mort liée à son absence (*cf.* v. 105), les yeux ou les visages désignant les êtres humains par métonymie. De cette idée découle ensuite celle des devoirs des créatures envers leur créateur *(il faut agir pour toi)*, qui forme, comme on le sait, le principal fondement du culte d'Aton (*cf.* p. 28-29).

v. 105 : *Cf.* tombe de Panéhésy, *BiAe* VIII, 23, 5, *ḏd=tw ᶜnḫ ptr=f, mwt=tw m tm ptr=f, quand on te voit on dit vivre, de ne pas te voir on meurt.*

v. 106 : Litt. *tu es l'existence incarnée…*

v. 107-108 : *Cf.* Psaume 104, 22-23, cité en commentaire du v. 34.

X

wbn(w), sr(w)d(w) [ᶜ.wy ?] n nsw,
wn(w) m rd nb, ḏr sn=k t3,
wṯs=k sn n s3=k,
pr(=w) m ḥᶜ.w=k :

nsw-bjt(y) ᶜnḫ(=w) m m3ᶜ.t,
nb T3.wy, Nfr-ḫpr.w-Rᶜ Wᶜ-n(y)-Rᶜ,
s3 Rᶜ ᶜnḫ(=w) m m3ᶜ.t,
nb ḫᶜ.w, 3ḫ-n-Jtn ᶜ3(=w) m ᶜḥᶜw=f.

ḥm.t-nsw wr.t,
mr(y).t=f, nb.t T3.wy,
Nfr-nfr.w-Jtn Nfrty-j=tj,
ʿnḫ=tj, rnp=tj ḏ.t-nḥḥ !

v. 109 : La restitution de la lacune est incertaine (Davies ne restitue rien) : Lichtheim *everyone* (*ḥr nb* ou sim.), Assmann et Hornung *alles Seiende* (*idem*) ; *wbn(w)* et *sr(w)d(w)* participes actifs non accomplis, litt. (*celui*) *qui brille et rend ferme.*

v. 110-111 : *wn(w) m rd* comprend *wn(w)*, participe actif non accompli de *wnj*, *aller* (*vite*) ; ainsi Davies, *all who runs upon foot*; la plupart des traducteurs comprennent le terme comme un nom : *la hâte s'empare de toute jambe* (Daumas ; sim. Assmann, Hornung) ; *ḏr sn=k t3*, proposition circonstancielle en protase ; pour Daumas, la préposition *ḏr* gouverne également *wṯs=k sn* : *et que tu les as fait surgir.*

Le petit hymne à Aton

version de la tombe de Apy

Titre

col. 1 *Dw3 Rʿ-Ḥr-3ḫty ḥʿy m 3ḫ.t,*
m rn=f m Šw nty m Jtn, d(w) ʿnḫ ḏ.t-nḥḫ,
jn nsw-bjt(y) ʿnḫ(=w) m m3ʿ.t,
nb T3.wy, Nfr-ḫpr.w-Rʿ Wʿ-n(y)-Rʿ,
s3 Rʿ ʿnḫ(=w) m m3ʿ.t, nb ḫʿ.w,
3ḫ-n-Jtn ʿ3(=w) m ʿḥʿw=f, d(w) ʿnḫ ḏ.t-nḥḥ.

l. 1-2 : *Cf.* commentaire du Grand hymne, l. 1-4.
l. 3-6 : La titulature royale, commençant à *jn nsw-bjty* est omise chez Any et Méryrê. La préposition *jn*, *par*, identifie le roi comme récitant de l'hymne (il parle de lui-même à la 1re personne aux v. 43-45).

Le Cycle quotidien

I

col. 2 *(m) ḫʿ=k nfr, p3 Jtn-ʿnḫ, nb nḥḥ,*
jw=k tjḥn=ṯ, ʿn=tj, wsr=ṯ.
mrw.t=k wr=ṯ ʿ3=tj,
st.wt=k twk(=w) sw n ḥr-nb,
jnm=k wbḫ(w) col. 3 *ḥr sʿnḫ ḥ3ty.w,*
mḥ~n=k T3.wy m mrw.t=k.

p3 nṯr špsy
qd(w) sw ḏs=f,
jr(w) t3 nb,
qm3(w) nty ḥr=f,
m rmṯ, mnmn.t, ^{c}*w.t nb(.t),*
šn.w nb rwd(w) ḥr s3tw.

v. 1 : *(m) ḫ*^{c}*y=k nfr...*, proposition circonstancielle en protase ; *cf.* Grand hymne, v. 1.

v. 2 : Any et Méryrê remplacent *wsḫ=ṯ* par *wbḫ=ṯ*. *Cf.* Grand hymne, v. 8.

v. 4 : Any et Méryrê : *st.wt=k r jr.t jr.ty n qm3(w)=k nb*, *tes rayons vont créer les yeux de tous ceux que tu crées. Cf.* Grand hymne, v. 12, et tombe de Panéhésy, *BiAe* VIII, 23, 5, *st.wt=f ḥr jr.t jr.ty n qm3(w)~n=f nb*, *ses rayons crèent les yeux de tous ceux qu'il a créés.*

v. 6 : Comparer Grand hymne, v. 4 (avec *nfr.w*, *beauté*, au lieu de *mrw.t*, *amour*).

v. 7 : Méryrê : *p3 ḥq3 nfr*, *souverain excellent.*

v. 12 : Any : *s3tw=f*, *son sol.*

II

^{c}*nḫ* [col. 4] *=sn wbn=k n=sn,*
ntk mw.t jt n jry=k :
jr.w(t)=sn,(m) wbn=k, ptr=sn jm=k,
(m) sḥd~n stw.t=k t3 r-ḏr=f.
jb nb ḥ^{cc}*=w n m3(3)=k,*
jw=k ḫ^{c} *=ṯ m nb=sn.*

(m) ḥtp{t}=k [col. 5] *m 3ḫ.t jmnt(y).t n(y).t p.t,*
sḏr=sn mj sḫr (ny) nty m(w)t(=w) :

jw tp.w=sn ḥbs(=w), fnd.w ḏb3=w,
r ḫpr wbn=k dw3.t,
m 3ḫ.t j3bt(y).t n(y).t p.t,
^{c}*.wy=sn m j3w n k3=k.*

v. 13 : Toutou : ^{c}*nḫ=sn, st.wt=k psd(=w) n=sn, quand tes rayons brillent pour eux, ils vivent.*
v. 15 : Structure : *jr(w).t=sn* en thématisation, suivi d'une proposition circonstancielle en protase suivie de son apodose (ainsi Hornung). Mahou : *jr.wy=sn wbn(=w) (?) (n ?) k3 n(y) ḥry-mḏ3y.w n(y) 3ḫ.t-Jtn Mḥw, wḥm(w)* ^{c}*nḫ, leurs yeux sont brillants* (?) *pour le* ka *du chef des policiers d'Akhetaton Méhou, de nouveau vivant.*
v. 16 : Toutou : *sḥḏ~n st.wt=k [n ?]=k, ḥtp=k, quand tes rayons ont illuminé* (*pour*?) *toi* (?), *tu te reposes* (?), en omettant *jb nb ḥ*^{cc}*=w n m3(3)=k.*
v. 16-17 : Any : *[sḥḏ~n] st.wt=k t3 r-ḏr=f m rš.wt, ḥ*^{cc}*=w n ptr=k, quand tes rayons ont illuminé la terre entière,* (*celle-ci est*) *en joie, exultant de te contempler.*
v. 19-20 : *Cf.* Grand hymne, v. 14-16.
v. 19 : Litt. *quand tu te couches à l'horizon occidental du ciel.* Toutou omet *n(y).t p.t, du ciel.*
v. 20 : Toutou omet *nty*. *Cf.* Grand hymne, v. 16, *m sḫr n(y) m(w)t, à la manière de la mort.*
v. 21 : Méryrê et Toutou omettent *jw*.
v. 22 : *wbn=k*, litt. *ta brillance.*
v. 24 : Pour *k3*, *cf.* commentaire du Grand hymne, v. 38.

III

[col. 6] *(m) sʿnḫ~n=k ḥ3ty.w m nfr.w=k, ʿnḫ=tw,*
(m) d~n=k st.wt=k, t3 m ḥb :
ḥs.w, šmʿ.w nhm=w m ršw.t,
m wsḫ.t n(y.t) ḥw.t-bnbn,
ḥw.t-nṯr=k(?) m 3ḫ.t-Jtn,
s.t m3ʿ.t [col. 7] *hry~n=k jm=s.*

ḥw ḏf3.w ḥtp=w m-ḫnw=s,
s3=k wʿb=w ḥr jr.t ḥss(w).t=k.
p3 Jtn-ʿnḫ m ḫʿʿy.w=f,
jry=k nb ḥr jb n ḥr=k,
s3=k [col. 8] *špsy ḥʿʿ=w,*
jb=f m ršw.t.

v. 25-26 : Le parallélisme entre les deux vers permet de rejeter l'interprétation de Lichtheim et Assmann qui relient *ʿnḫ=tw* à notre v. 26.
v. 26 : Toutou insère à la fin du vers *sḏf3(=w) sḥḏ=k sw*, *approvisionné quand tu l'éclaires.*
v. 28 : *Wsḫ.t*, litt. *salle large*, mais, dans le culte amarnien à ciel ouvert, *cour* ou *esplanade* est meilleur. *Cf.* tombe de Toutou, *BiAe* VIII, 72, 13, *šms=k Jtn mj ḥsy.w=f m wsḫ.t n(y.t) ḥw.t-bnbn*, *puisses-tu servir Aton comme son félicité dans l'esplanade du Château du* benben.
v. 29 : Méryrê : *šw.t nb(.t)*, *chaque autel.* Nous corrigeons ici le texte (*ḥw.t-nṯr nb*, *chaque temple*) selon la version de Toutou : *ḥw.t-nṯr=k*, *ton temple*;  pour  .
v. 30 : Any et Méryrê : *s.t nb.t hry=k jm=s*, *chaque lieu où tu te plais à être.*
v. 31 : Omis par Toutou.
v. 32 : Allusion évidente au rôle d'Akhenaton comme seul officiant théorique du culte d'Aton. La traduction d'Assmann *dein Sohn tut Pries-*

terdient beim Verrichten dessen was du lobst est cependant trop loin du texte.

v. 33-36 : Méryrê omet le texte à partir de *m ẖʿʿy=f*.

v. 34 : Toutou formule la proposition à la troisième personne : *jry=f nb ḥr jb n ḥr=f*.

v. 35 : Toutou omet *špsy*, *noble, auguste.*

La Révélation

IV

p3 Jtn-ʿnẖ hr=w m p.t rʿ nb,
msy=f s3=f špsy,
wʿ-n(y)-rʿ, mj-qd=f,
nn jr.t 3b,
s3 Rʿ wṯs(w) nfr.w=f,
Nfr-ẖpr.w-Rʿ Wʿ-n(y)-Rʿ.

jnk s3=k ! col. 9 *3ẖ(w) n=k,*
wṯs(w) rn=k !
pḥty=k, wsr=k mn=w m jb=j,
ntk Jtn-ʿnẖ, nḥḥ tjt=k ;
jw jr~n=k p.t w3=ṯ r wbn jm=s,
r m33 jry=k nb, jw=k wʿw=tj.

v. 37 : Toutou remplace *hr=w* par *ms=w*, *enfanté* (?). Méryrê omet le vers.

v. 38-39 : Méryrê : *msy=f s3=f pr(=w) m ẖ.t=f mj-qd=f, pour enfanter son fils, issu de ses entrailles, à son image* ; pour la « filiation » Aton-Akhenaton, *cf.* p. 30.

v. 39 : *Wʿ-n(y)-Rʿ*, rappel d'un élément du « prénom » d'Akhenaton (*cf.* ci-dessous, v. 48). Pour Assmann, *mj-qd=f* suggère un rapprochement avec la récurrence perpétuelle du Soleil. L'expression exprime en tout cas le fondement de la théocratie amarnienne : le roi, à l'image du dieu, règne sur terre comme son représentant.
v. 40 : Toutou remplace *nn* par *bn* (même sens). Méryrê ajoute *r nḥḥ*, *pour l'éternité*, avec lequel sa version de l'hymne prend fin, suivie de sa titulature.
v. 43 : *3ẖ(w) n=k*, jeu de mots avec le nom du roi, *3ẖ-n-Jtn*, litt. *celui qui est utile à Aton.*
v. 45 : Dans *mn=w*,  pour  (?) ; *cf.* Toutou.
v. 46 : Le Disque, par sa récurrence quotidienne est l'image même de l'éternité *nḥḥ*.
v. 48 : Hornung rattache *jw=k wʿw=tj* à ce qui suit : *tu es seul, mais des millions…*

V

col. 10 *jw ḥḥ.w n(y) ʿnḫ jm=k r sʿnḫ=sn :*
ṯ3w n(y) ʿnḫ r fnd.w,
m3(3) st.wt=k wnn,
ḥrr.t nb(.t) ʿnḫ=t(j),
rwd(w) ḥr j(w)tn
srwd(=w) n wbn=k.

(m) tḫ=sn n ḥr=k, j3w.t nb(.t)
ḥr ṯbhn // col. 19 *ḥr rd.wy=sn ;*
3pd.w wn(w) m sš3
p3=w col. 20 *m ršw.t,*
dnḥ.w=sn wn(w) jnq(=w) pd=w m j3w,
n p3 Jtn-ʿnḫ, p3 jrr(w) st.

v. 49 : Litt. *des millions de vie sont en toi pour les faire vivre.*
v. 50 : Toutou : *ṯ3w n(y) ʿnḫ ʿq=f r f<n>d.w d=k tw n=sn, le souffle de la vie entre dans les nez quand tu le leur dispenses.*
v. 51 : Nous comprenons *m3(3)* et *wnn* comme des infinitifs, respectivement en thématisation (*m3[3], quant au fait de voir tes rayons...*) et comme prédicat d'une proposition à prédicat nominal sans sujet exprimé (*wnn, c'est vivre*). Any remplace *m3(3)* par *ptr* (même sens). Hornung, *c'est le souffle de vie aux nez, de contempler tes rayons.*
v. 52 : Toutou, pour *ḥrr.t, fleur,* emploie la var. *ḥ3rr.t.*
v. 52-54 : Assmann, Hornung, *toutes les fleurs vivantes qui poussent sur le sol poussent lors de ton lever,* en comprenant *wnn* (auxiliaire) *ḥrr.t nb(.t) ʿnḫ.t* (adjectif; pour nous *ʿnḫ=t[j],* accompli) *rwd(w) ḥr jwtn srwd(=w) n wbn=k* ; l'accompli *srwd(=w)* ne serait ainsi pas accordé avec son sujet *ḥrr.t* (on attendrait *srwd=tj*) ; au demeurant, *pousser* est *rwd, srwd* est *faire pousser* (d'où notre traduction *revigorer*). Dans *rwd(w)* et *srwd(=w),*  pour .
v. 55-60 : *Cf.* Grand hymne, v. 37-39.
v. 55 : Nous comprenons *tḫ=sn* comme une proposition circonstancielle en protase, avec une préposition sous-entendue (de même Lichtheim). Toutou : *tḫ=w, étant enivrées* (forme verbale accomplie). Après *tḫ=sn n ḥr=k,* litt. *s'enivrant de ton visage,* fin de la version d'Any, avec quelques signes en lacune, suivis de sa titulature.
v. 56 : Le signe // indique la fin de la version d'Apy, qui ajoute son nom et sa titulature. La suite est donnée d'après la version de Toutou.
v. 60 : Il n'y a sans doute pas de lacune à la fin de l'hymne (malgré les indications de *BiAe* VIII). La titulature de Toutou achève le texte.

Notes du commentaire

1.- En regard du nombre réduit des signes de l'alphabet de translittération, ceux de l'écriture hiéroglyphique sont au contraire très nombreux. Il était en effet possible de noter de différentes manières les mêmes combinaisons de phonèmes en fonction des traditions orthographiques propres à l'écriture de chaque terme de la langue. Par exemple *n*, *f* et *r* pouvaient être notés ,  ou .

2.- Comme en français, on emploie des capitales à l'initiale des noms propres.

3.- *3* représente en réalité un *aleph,* ou hiatus devant une voyelle (par exemple celui qu'on entend entre le *o* et le *a* de *boa* lorsqu'on détache les syllabes), et ^{c} un *ayn,* fricative laryngale sonore (comme un *r* parisien grasseyé). Par exception, ^{c} se transcrit ê (mais se prononce é) dans le nom du dieu Soleil *R*^{c}, Rê, lorsque celui-ci est isolé ou en position finale.

4.- *ḥ* est un *h* laryngal (comme dans l'arabe A*ḥ*med).

5.–Seul *ḫ* équivaut en fait à la jota; *ẖ* se prononçait comme le *ch* de l'allemand *ich.*

6.- *q* note un *k* prononcé au fond du palais.

7.- *Wenn du fortgegangen bist und kein Auge mehr da ist, dessen Sehkraft du geschaffen hast, damit du nicht allein dich selber sehen müsstest, und das, was du geschaffen hast, auch dann bleibst du in meinem Herzen...*

8.- *Damit du nicht (deinen) Leib (als) einziges deiner Geschöpfe sehen müsstest,...*

9.- *Wenn du fortgegangen bist, den Auge nicht (mehr) da ist, das du um ihretwillen geschaffen hast, damit du nicht allein dich selber siehst und das, was du geschaffen hast, (auch dann) bleibst du in meinem Herzen...*

Abréviations bibliographiques

Aldred, *Akhenaten* = C. Aldred, *Akhenaten, King of Egypt*, Londres, Thames and Hudson, 1988.

Assmann, *ÄHG* = J. Assmann, *Ägyptische Hymnen und Gebete* (*Die Bibliothek der Alten Welt, Reihe : Der Alte Orient*), Zurich et Munich, Artemis Verlag, 1975.

Assmann, *RuA* = J. Assmann, *Re und Amun, Die Krise des polytheistischen Weltbilds im Ägypten der 18.-20. Dynastie* (*Orbis Biblicus et Orientalis* 51), Fribourg et Göttingen, 1983.

Assmann, *TuF* = J. Assmann, *Ägypten, Theologie und Frömmigkeit einer frühen Hochkultur* (*Urban-Taschenbücher*, Bd. 366), Stuttgart, Berlin, Cologne et Mayence, 1984.

ATP = R.W. Smith, D.B. Redford *et al.*, *The Akhenaten Temple Project*, I : *Initial Discoveries*, Warminster, Aris and Phillips, 1976 ; D.B. Redford *et al.*, *The Akhenaten Temple Project*, II : *Rwd-Mnw and Inscriptions* (*Ægypti Texta Propositaque* I), Toronto University Press, 1988.

Barucq et Daumas, *Hymnes et prières* = A. Barucq et F. Daumas, *Hymnes et prières de l'Égypte ancienne* (*Littératures anciennes du Proche-Orient*, 10), Paris, Le Cerf, 1980.

BiAe VIII = M. Sandman-Holmberg, *Texts from the Time of Akhenaten* (*Bibliotheca Ægyptiaca* VIII), Bruxelles, Fondation égyptologique Reine Élisabeth, 1938.

Davies, *El Amarna* = No. de G. Davies, *The Rock Tombs of El Amarna*, 6 vol. (*Archaeological Survey of Egypt* 13-18), Londres, 1903-1908.

EA = Lettre d'El-Amarna, traduction W.L. Moran, *Les Lettres d'El Amarna* (*Littératures anciennes du Proche-Orient*, 13), Paris, Le Cerf, 1987.

JEA = *Journal of Egyptian Archaeology*, Londres.

Kemp, *Ancient Egypt* = B.J. Kemp, *Ancient Egypt, Anatomy of a Civilization*, Londres et New York, Routledge, 1989.

LÄ = W. Helck et E. Otto, *Lexikon der Ägyptologie*, 7 vol., Wiesbaden, Otto Harrassowitz, 1975-1992.

MDAIK = *Mitteilungen des Deutschen Archäologischen Instituts, Abteilung Kairo*, Mayence.

Redford, *Akhenaten* = D.B. Redford, *Akhenaten, The Heretic King*, Princeton, 1984.

Schlögl, *Echnaton* = H.A. Schlögl, *Echnaton — Tutanchamun : Daten, Fakten, Literatur*, coll. « Sammlung Harrassowitz », 4e éd. augmentée, Wiesbaden, Otto Harrassowitz, 1993.

Urk. IV = G. Steindorff, *Urkunden des ägyptischen Altertums, Abteilung* IV, K. Sethe et W. Helck, *Urkunden der 18. Dynastie*, 22 fasc., Berlin, 1927-1961.

Table des figures

Fig. 13, p. 42 — La ville centrale d'Amarna, J.D.S. Pendlebury *et al.*, *The City of Akhenaten* III (Egypt Exploration Society, Excavation Memoirs 44), 2 vol., Londres, 1951, pl. I.

Fig. 14, p. 45 — Plan du grand temple d'Aton à Amarna, J.D.S. Pendlebury *et al.*, *The City of Akhenaten* III, *op. cit.*, pl. IV.

Fig. 15, p. 45 — Représentation du grand temple d'Aton à Amarna (tombe de Panéhésy), Davies, *El Amarna* II, pl. XVIII-XIX, et J.D.S. Pendlebury *et al.*, *The City of Akhenaten* III, *op. cit.*, pl. V, 2.

Fig. 16, p. 46 — Le *benben* d'Amarna (tombe de Méryrê I), Davies, *El Amarna* I, pl. XXXIII.

Fig. 17, p. 47 — Élévation du centre-ville d'Amarna (vue du nord) par Ralph Lavers, J.D.S. Pendlebury *et al.*, *The City of Akhenaten* III, *op. cit.*, pl. II.

Fig. 18, p. 48 — Élévation d'un quartier du faubourg sud (vue du sud), Kemp, *Ancient Egypt*, p. 294, fig. 98.

Fig. 19, p. 49 — Le village des ouvriers d'Amarna, T.E. Peet *et al.*, *The City of Akhenaten* I (Egypt Exploration Society, Excavation Memoirs 38), Londres, 1923, pl. XVI.

Fig. 20, p. 51 — Plan de la tombe d'Ay, B. Porter et R. Moss, *Topographical Bibliography of Ancient Egyptian Hieroglyphic Texts, Reliefs, and Paintings* IV, Oxford, 1934, p. 226.

Fig. 21, p. 52 — Plan de la tombe royale d'Amarna, Aldred, *Akhenaten*, p. 29, fig. 4.

Fig. 22, p. 54 — Généalogie sommaire de la famille royale amarnienne.

RÉALISATION : OLIVIER CABON-THOTM
IMPRESSION : IMPRIMERIE HÉRISSEY À ÉVREUX (EURE)
DÉPÔT LÉGAL : SEPTEMBRE 1995. N° : 22058 (70150)